跨越海峽的詩人

跨越語言的詩人

戰後台灣現代詩風景

雙重構造的精神史

李敏勇 著

目次

〔序說〕

雙重構造的精神史
——戰後台灣現代詩的開展

一九六九年，《笠》編輯委員會企畫編譯的漢日對照《華麗島詩集》，副書名的「中華民國現代詩選」，在日本東京，由K.K.若樹書房出版發行。陳千武在後記〈台灣現代詩的歷史和詩人們〉，提出戰後台灣詩的根球可分為兩個源流的看法。《華麗島詩集》收錄一九五一年由紀弦、覃子豪等創刊的一些雜誌、報紙專刊為基礎，發展出的《現代詩》、《藍星》、《南北笛》、《創世紀》，以及其後刊行《葡萄園》、《笠》等詩刊經常發表活躍的六十四人，共一〇八首作品。

兩個源流，在陳千武的敘述中是：

一般認為促進直接性開花的根球源流是紀弦、覃子豪從中國大陸搬來的戴望舒、李金髮等所提倡的「現代派」。當時在中國大陸集結於詩刊《現代》的主要詩人即有李金髮、戴望舒、王獨清、穆木天、馮乃超、姚蓬子等，那些詩風都是法國象徵主義和美國意象主義的產物。紀弦係屬於「現代派的一員」，而在台灣延續其「現代」的血緣，主編《現代詩》，成為台灣新詩的契機。

另一個源流就是台灣過去在日本殖民地時代，透過曾受日本文壇影響下的矢野峰人、西川滿等所實踐了的近代詩精神。當時主要的詩人有王白淵、曾石火、陳遜仁、張冬芳、史民、和……楊啟東、巫永福、郭水潭、邱淳洸、林精鏐、楊雲萍等，他們的日文詩雖已無法看到，但繼承那些近代新詩精神的少數詩人們——吳瀛濤、林亨泰、錦連等，跨越了兩種語言，與紀弦他們從大陸背負過來的《現代》派根球融合，而形成了獨特的詩型使其發展。

陳千武以「一九五二年二月的《現代詩》第十三期，紀弦獲得林亨泰他們的協力倡導了革新的『現代派』，形成台灣詩壇現代詩的主流，證實了上述兩個根球合流的意義。」雙重構造的精神史，源於兩個根球論的觀點，以「跨越海峽的詩人」和「跨越語言的詩人」凝視台灣戰後現代詩開端的歷史。跨越海峽的詩人意味的是一九四五年終戰來台，或一九四九年隨國民黨從中國撤退來台，背井離鄉的詩人們；而跨越語言的詩人則是從被日本殖民轉而中國在台灣的類殖民或再殖民，從日本語轉而通行中文的詩人們。雙重構造牽涉到政治與文化認知，有歷史與現實背景。這在戰後曾長期以國民黨中國視野看台灣，像紀弦曾說的是他從中國帶新詩與現代詩的火種來台灣，而且曾經成為習慣性詩史敘述與詮釋，是不完全相同的看法，意味著台灣本土從被壓抑尋求主體性恢復的觀點。

一九六〇年代中後期，我開始在《創世紀》、《南北笛》及報刊發表詩作品，從在台灣的中國現代詩到台灣的詩的認識變遷，是在《笠》發表作品，參與活動後的事。陳千武兩種根球論的說法，見於日譯本《華麗島詩集》的後記。也有作品被選譯在其中的我，思考兩個根球論的說法，開啟了新的詩史視野，也經常反省這樣的歷史。

兩個根球論或雙重構造的精神史，用來詮釋台灣戰後現代詩的開端，是一種詩史的視野也是文化史的視野。以精神史觀照，是因為詩人與詩的意志與感情含有歷史與現實的課題，戰後台灣詩作為精神史的見證，是有雙重構造的。

一般以《現代詩》、《藍星》、《創世紀》和《笠》，或包含其他詩社、詩刊，詮釋戰後台灣現代詩的社群。從實際的相對規模來看，有多種對應關係：

一、《現代詩》、《藍星》和《創世紀》群落

1. 《現代詩》以主知對應主情的《藍星》；而《創世紀》以新民族詩型對應。
2. 《現代詩》由紀弦等號召「現代派」，相關詩社的詩人們加盟形成超越詩社的派性主張。
3. 《現代詩》停刊，紀弦取消現代派。《創世紀》接收《現代詩》和「現代派」的路線，

形成《創世紀》對應《藍星》。

二、《笠》與《創世紀》、《藍星》的相對形勢

1.《笠》成立後，原已參加「現代派」或在《現代詩》、《藍星》、《創世紀》的台灣本土詩人，投入《笠》陣營。

2.形成《創世紀》、《藍星》、《笠》互相對應的形勢。

這種歷史演變從一九五〇年代延伸到一九六〇年代，若以《笠》創社、創刊的一九六四年，吳濁流創辦《台灣文藝》，彭明敏師生發表〈台灣人民自救運動宣言〉事件，是終戰後第二十年，意味著台灣本土的文化覺醒，意識到雙重構造的精神史，有文化和政治的運動性。

在觀照戰後台灣現代詩的開端時，會發現台灣的特殊詩史性格。不像世界其他國家，二次大戰戰敗國（如日本、德國、義大利）和戰勝國（美、英、法、蘇），都各自有其相應於戰敗的省思或戰勝的新視野，也都共同對戰爭的破壞有深層凝視。而被殖民地紛紛獨立，更形成世界詩風景。台灣的戰後並沒有真正的戰後性，一九四五年到一九四九年曾成為被刻意空白化的時期。台灣本土在既非戰敗國又非戰勝國的無主體性歷史觀照下，彷彿亞細亞孤兒。而中華民國在台灣的歷史常以一九四九年起算，面對中華民國在中國已被中華人民共和國取代，以二次大戰戰勝國自恃，面對國家之亡，只強調反共抗俄或反共不抗俄的殘餘，虛構國家走向。

紀弦等人發起「現代派」時，在最後的第六條，以「愛國。反共。擁護自由與民主。」的畫蛇添足，反映了戰後台灣現代詩開端面對的政治課題。戰敗國的日本、德國、義大利的民主化，提供了充分自我反思的條件，相對於戰勝國的美、英、法、蘇，除舊蘇聯外，民主化有自由條件。台灣，在中華民國體制下，並未有充分的自由，國策指導和控制影響了戰後詩的開展。

戰後台灣現代詩是以通行中文展開的，跨越海峽世代的登場早於跨越語言世代的登場，是歷史的現實，但也形成台灣戰後詩的特殊歷史。一九四五年到一九四九年之間，國民黨中國已代表盟軍據台統治，但中國政權尚未被推翻。這段時間有一些中國詩人來到台灣，左傾右翼或第三種人都有，對被日本殖民統治五十年的台灣既陌生又好奇，相互接觸感知的台灣性、中國性和日本性，在相似與相異之間有親近，有陌生，有理解，有衝擊。曾經負笈日本，與一九四九年以後隨國民黨中國撤退來台的詩人覃子豪在日本有過文學情誼的雷石榆，即是在此期間來台的中國詩人，左翼傾向的他在一九四七年發生二二八事件之後，被迫與結縭的台灣妻子、舞蹈家蔡瑞月分離，離開台灣，回到中國，留下一個兒子，而蔡瑞月也因而成為白色恐怖時代的政治受難者。

戰後中國屬性的詩史敘述，常自一九四九年起算，一九四七年到一九四九年，成為被刻意的空白。其實，這段期間，台灣也有戰後詩活動，不完全以中文而是以日文展開，林亨泰、錦連、蕭翔文、羅浪……以《潮流》及《緣草》為名的刊物，曇花一現，也反映了那一段近乎詩史荒蕪的時代。《風車》與《鹽分地帶》的詩人群也有不盡發展的聲音。

台灣的戰後詩以通行中文展開，也在國民黨中國據台統治後，甚至到了一九四九年從中國撤退來台之後的一九五〇年代才展開。中華民國政府的中國性與通行中文的語言條件構成台灣戰後詩的意理與形式架構。隨著一些在中國已有活動的詩人，來到台灣以後在報紙、刊物的文學活動，一些詩的景況形成。但仍以《現代詩》、《藍星》與《創世紀》為主要場域。不同傾向、不同風格的詩人，分據在不同的場域。以中國來台詩人為主的領導形態對應的是中國來台的政權——儘管帶有流亡的性質，但畢竟是統治台灣的權力。加上以中文為語言條件，大部分的台灣詩人只能在瘖啞的狀況下，等待重新發聲。紀弦說他從中國帶來新詩的火種，就是這樣的態勢。

一九五〇年代正是白色恐怖時代，政治的不民主與不自由，都被反共，甚至抗俄的國策宰制著。中華人民共和國在中國進行一黨化共產統治，台灣的中華民國體制也是一黨化的戒嚴狀態。台灣的戰後沒有像世界其他國家的戰後：不分戰勝國或戰敗國，自由自在地反思，而是遵守奉行統治權力的國策指導。不只台灣本土的詩人沒有反思被日本殖民統治時代以及太平洋戰爭的充分條件，從中國隨政權流亡來台的詩人也沒有反思國共內戰以及與中日戰爭同時期的二戰課題。像日本詩人田村隆一這位《荒地》的詩人，他們以《荒地》為名的詩誌喻示著戰敗的廢墟意識，留下的「經過兩次大戰，文明受到的破壞是思考與想像力的破壞」這樣的戰後詩意識，在台灣是不存在的。當然，像田村隆一所說的「現在，向左或向右，都是我們的自由」在台灣也是不存在的。台灣的戰後詩有特殊的，受戒嚴體制流亡中國性影響的病理。

跨越海峽的世代以《現代詩》、《藍星》和《創世紀》為基盤，早於一九五〇年代即展開詩歷程。跨越語言的世代大多在一九六〇年代方逐漸登場，重新集結在《笠》，大約晚了十年。在戒嚴體制下，台灣不只沒有像世界其他國家的戰後詩性格，而是在思想被控制的不自由情境下，只能追求形式論的變革。在沒有向左向右自由的政治條件下，現代性只是美學形式的追求，而不是精神的探索。即使以跨越海峽世代為主體的各詩社，一九五〇年代的始發，也距二戰結束的一九四五年有近乎十年之久。若以日本而論，戰後詩普遍起自一九四六年至一九四七年，田村隆一、鮎川信夫、吉本隆明、中桐雅夫等人的《荒地》；草野心平、高橋新吉、小野十三郎、山本太郎等人的《歷程》；以及關根弘、長谷川龍生、黑田喜夫、安東次男等人的《列島》，分據戰後不同的藝術視野。《荒地》凝視戰爭的意義廢墟；《歷程》各自展開主體個性；《列島》在現代主義結合現實主義，整合左翼與前衛性。日本的戰後詩是這樣開展的。台灣只在現代主義的美學形式徘徊，缺乏現實精神的凝視，在某種層次而言，幾乎是與世界普遍以新現實思考現代主義的美學形式逆反的方向，似乎在時間上倒退到世界的過去。

一九六四年創社、創刊的《笠》，嘗試著接觸世界的戰後詩，通行日文的《笠》一九二〇世代創辦詩人群，在對《荒地》、《歷程》、《列島》的戰後詩運動，重新加以探索時，已是相關運動思潮的幾乎二十年後。這是因為跨越語言世代的詩人們克服語言的障礙再出發登場，有時間的障礙。相對於林亨泰在紀弦發起「現代派」時，提供日本《詩與詩論》在一九二〇年代末整合的超現實主義、主知主義、現實主義，以及追求創新精神、新方法論的主知主義，台灣戰後詩的新視野必須等待到《笠》的創社，創刊，在一九六〇年代的中期以後，在戒嚴體制稍為緩和，或台灣本土意識稍為啟動時才形成。

一九六〇年代末，我加入《笠》為同仁。之前，我在《創世紀》、《南北笛》及報紙副刊發表過一些詩，加入《笠》之後，親炙一九二〇世代的《笠》創辦詩人們。出生於一九四七年，屬於戰後世代的我，在加入《笠》之前，觀照了《現代詩》、《藍星》、《創世紀》的詩人與詩，但在加入《笠》同仁之後，才形成我的戰後詩意識。為何台灣與日本，與韓國不同，與世界不同？為何台灣沒有真正世界視野的戰後詩？因為他們的詩的現代性和現實性是切割的。時間的時代性和空間的當地性，並不是台灣戰後詩凝視的場域。從中國來台的詩人，以一九一〇世代及一九二〇世代為主，既附和在統治權力體制，也在流亡的情境中；而跨越語言世代的詩人，以一九一〇世代及一九二〇世代為主，因為語言的中斷加上國家情境的變遷，有過瘖啞的經歷。循中華民國體制，不免以紀弦等從中國帶來新詩、現代詩火種觀照台灣戰後詩的歷史，形成某種武斷；而台灣本土的現代詩史敘述並沒有以《風車》、《鹽分地帶》作為基盤展開敘述，只有陳千武於《華麗島詩集》這本一九六九年在日本東京、以中華民國現代詩選為前提出版的詩書，提出兩個根球論，勉強為被壓抑的自我，作為一些伸張而已。

一九七一年，年輕氣盛的我，曾在《笠》第四十三期（一九七一年六月號），以〈招魂祭〉為題，「從所謂的《一九七〇詩選》談洛夫的詩之認識，對於洛夫的詩史詩學有所批評。

作為一個戰後世代詩人，我對戰後派（在一般國家，通常指的是一九二〇世代詩人，或兼及部分一九一〇世代在二戰後登場）的詩狀況，對跨越海峽的詩人和跨越語言的詩人之間不盡平衡的形勢有所感觸。在一九六〇年代末登場，是戰後世代我輩的際遇（歐洲有些國家，以六八世代，藉一九六八年源自法國的全球學生運動時期描述戰後嬰兒潮世代）。」我的台灣戰後詩史視野對於跨越海峽的詩人和跨越語言的詩人加以觀照，並從精神史的觸探去省察，應該從一九七〇年代初即形成。但相對於一九七〇年代初，年輕氣盛的尖銳批評，隨著自己的成長，閱歷和心境的改變，以同情的理解去觀照這種歷史際遇和發展情境，似乎對戰後台灣詩史發展的把握更為合宜。

世界上沒有任何國度像台灣一樣，二次大戰結束後展開的歷史，特別是文化史、文學史、詩史，是一些原本不同國度的詩人，從一個國家體制到一個曾經半世紀之久是另一個國家的殖民地。原本兩個國家兩種「國語」，各自發展新詩，現代詩。但因為接收、併合關係，來自中國的國家體制與新的「國語」主宰了台灣，在文學史意義上以再殖民和類殖民描述這種政治狀況。而台灣從被日本殖民轉而被中國再殖民或類殖民，面對的不只是國家轉換更是語言的轉換，但這個新來的國家體制其實在原來的發生國已被革命取代，某一意義上，又類似流亡群落。跨越海峽的詩人和跨越語言的詩人，其實各有不同的際遇。相對於流亡，跨越語言世代其實立足在本土的場域，因為跨越海峽的詩人和戰後長期經由戒嚴宰制著台灣的統治權力有相屬性，不免在國策文學的指導下服務，在政治轉型時有些被除垢的問題；相對的，跨越語言的詩人則迴避了這種權力污染，這種相對性也是我在觀照戰後詩史注意到的課題。

戰後已過了半個多世紀，我在一九七〇年代初，開始有戰後世代的自覺，對於戰後派的兩種詩人群：跨越海峽的詩人和跨越語言的詩人的審視，是隨著自己的詩業一起展開的。從中國現代詩到台灣現代詩，隨著時間的推移，形成了在台灣從「中國」的轉換到「台灣」的詩的認知、識別論，逐漸形成、確立。在台灣的詩人們，共同面對的中國詩人，是中華人民共和國體制下的詩人。海峽彼方另一個國度的詩人也用漢字中文寫作，簡體中文是相對於正體或繁體中文的新文字系統，語字語法，語態語境不盡相同（台灣也發展出通行台灣語文書寫，是另一種課題）。我並不認同有一些論者以台灣的中文現代詩走在中國現代詩前面，甚至有所謂提供了影響的說法。看看從朦朧詩以來的中國現代詩，其實很明顯是相對於在台灣以中華民國為名的國家體制不一樣的中華人民共和國的現代詩形貌。或許，因為漢字中文而有所相互介入，但就像世界上許多在英語、法語、西班牙語……的不同國家現代詩形貌。台灣的現代詩當然是台灣的。而在台灣，這些源頭不能不以跨越海峽的詩人和跨越語言的詩人交織互映的視野去探視。

戰後在台灣以通行中文為主的現代詩開端詩史，跨越海峽世代以《現代詩》、《藍星》、《創世紀》為場域，而跨越語言世代則是稍後群集在《笠》。以《現代詩》、《藍星》和《創世紀》形成的風格屬性差別，其實也顯現在《笠》。若以「現代派」涵蓋了前面三個詩社，則《笠》相對於「現代派」的跨越海峽世代共同屬性，是跨越語言世代的共同屬性。這種雙軸現象反映的正是歷史的特殊構造。這種構造在《笠》創社、創刊的一九六〇年代末、一九七〇年代初，曾經以「詩宗社」為名，試圖再結合跨越海峽的詩人建立的系譜展開新建構。相對於紀弦發起「現代派」，「詩宗社」的舉大旗者是洛夫，而揭示的是相對於「現代派信條」的純粹經驗主張。從「新民族詩型」到「超現實主義」到「純粹經驗論」，既有「超現實主義」在台灣發展毀譽參半的調整，也有漂浮在台灣這塊土地，以及在台灣的現實經驗不盡踏實的動向。葉維廉的理論主張似乎提供了這種動向的文化基礎，但「詩宗社」的詩派主張並未真正在新的結社發展，只顯現在部分詩人的作品風格。

在台灣的「中華民國」被逐出聯合國，中華人民共和國在國際取代了「中華民國」作為中國。正統的移位對於長久以來被國策引導的反共、反中華人民共和國的跨越海峽的詩人走向有巨大的衝擊。民主化、本土化的開展，認同的焦慮，國家的迷惘迎面撲來，詩史的詮釋權仍大多掌握在以跨越海峽的詩人為主軸的意理、跨越語言的詩人並行的雙軸詩史並不盡分明。戰後台灣詩史似仍以跨越海峽的詩人建立的詩社、詩刊為主導。一九七〇年代中期的鄉土文學論戰，有關詩問題的論辯雖有火花，但並未真正扭轉台灣詩的發展，雙重構造的精神史並未成為戰後詩史的視野。

在進入二十一世紀第二個十年的此時，我以雙重構造的精神史為視角，重新以同情的理解，並以自己詩人之路的觀照，進行對跨越海峽的詩人和跨越語言的詩人的探尋。一九一〇世代和一九二〇世代及少數一九三〇世代的詩人群，有許多均已辭世，只留下少數健在仍然在詩領域活動。跨越海峽的詩人群，我梭巡了覃子豪、紀弦、周夢蝶、方思、余光中、羅門、洛夫、向明、楊喚、商禽、瘂弦、鄭愁予；跨越語言的詩人，則探索巫永福、吳瀛濤、詹冰、陳秀喜、陳千武、林亨泰、錦連、杜潘芳格。二十位詩人在台灣這塊土地展開的戰後詩風景是台灣精神史的雙重構造投影，印記著因為特殊歷史構造而相對的兩種脈絡。幾乎是垂直的分列，而非水平性的並置，這也形成台灣現代詩特殊的戰後性。在這種特殊戰後性的前提或奠基條件下，一九三〇世代、一九四〇世代繼起的詩人們揹著病理的包袱，一邊跌倒、一邊發現，開展了詩史的新歷程。

——原載二〇一九年三月《文訊》第四〇一期

上卷　跨越海峽的詩人

歷史之海的落日，蒼茫之夜的靈魂
——覃子豪的浪漫情懷和漂泊心

我的《覃子豪全集I》是高中時期就購買的，扉頁還留有我的印記，日期註明一九六五年十二月四日。那時期常去位於高雄鬧區大勇路的大業書店，店中有許多文學書、詩集。藍色絨布精裝的《覃子豪全集I》就那樣成為我詩的啟蒙書之一。《創世紀》、《藍星》的一些冊頁，以及《現代詩》的一些過期刊物，或甚至新刊的《笠》也都在印象裡存留。《六十年代詩選》是大業書店的出版物，書背一幅雕塑家羅丹的〈思索者〉呈顯詩人的形影，更是不斷翻閱的詩書。似懂非懂地從方思、白萩翻閱到錦連、薛柏谷等二十六位詩人的作品，曾是心目中的經典。

覃子豪（一九一二～一九六三）的名字也在《六十年代詩選》冊頁中出現，夾在葉維廉和張默之間。介紹的文字說：「詩人覃子豪是中國詩壇近十年來厥功甚偉的辛勤建設者之一。……來台後，詩人主編新詩週刊二年餘，繼主編藍星詩週刊、藍星詩選、藍星詩頁等。他更是藍星詩社的發起人之一，且為實際之建立者。十年來詩人覃子豪譯著勤奮，寶刀未老，『衝力』不減當年（作者按：當年指的是他在中國時期）。先後出版有詩集《海洋詩抄》、《向日葵》，譯詩集《法蘭西詩選》，詩論集《詩的解剖》。尤以《詩的解剖》一書，已為青年讀者奉為初學新詩之唯一良好讀物。……這位曾與作家蘇雪林討論我國象徵派創始人李金髮氏作品的價值問題而引起整個台灣文壇大規模論戰的詩人，其詩風以深沉、精細見稱，且十分講求表現上的準確性，更由於他底詩的每一行幾乎都是生活過來的，故流露一種極為富麗的人性，莊嚴，雋永，而又充溢著親和的力量。……詩人覃子豪時刻求新，求真，求變，故能保持他美好的名聲；於此我們也從而探知他思想的觸手是如何的敏銳與前進的步伐（作者按：原字為武，應是誤植）是如何的鏗鏘了。」

歌詠海洋，憧憬藍星

我是從選集中手繪的畫像認識覃子豪其人的，紀弦削瘦的畫像也在這本書的冊頁，我後來曾有緣見過他。與紀弦、覃子豪被稱為當時詩壇三老之一的鍾鼎文，並不見於《六十年代詩選》。可以想見，一九六一年那個時期，在《創世紀》以瘂弦、張默列名主編的視野中，將鍾鼎文排除在六十年代台灣的重要詩人位置之外。紀弦和覃子豪分別代表《現代詩》及《藍星》，而形成鼎足的《創世紀》則在檢視詩史的位置。其實《六十年代詩選》是公元的七〇年代詩選。

比《六十年代詩選》早一年的《十年詩選》，是中國詩人聯誼會徵選作品，由上官予編輯，明華書局印行，代表人劉守宜是《文學雜誌》創辦人。這本較《六十年代詩選》早一年出版的選集，也收錄許多後來出現在《六十年代詩選》的作者，但有許多收錄的詩人不在《六十年代詩選》之中，可以看出《創世紀》以張默和瘂弦兩位擔綱主編的視野裡，有現代詩情與詩想，甚至詩型的格局。不只如此，也在後來的《七十年代詩選》、《八十年代詩選》展現了早於歷史，預先建置歷史的企圖心。而確實也這樣，《創世紀》比起《現代詩》、《藍星》更是詩史的詮釋、論斷者。《笠》的創社、創刊在《六十年代詩選》出版之後，選集中的白萩、林亨泰、黃荷生、錦連、薛柏谷，後來成為《笠》的創辦人，原先都在《現代詩》、《藍星》、《創世紀》活動。

覃子豪在《六十年代詩選》出版未幾年，就過世了。他在一九六三年，以五十一之齡，離開人世。一九四七年就來到台灣的他，先後在省物資局、糧食局任職。在中國的三十五年，在台灣的十六年，構成他人生之歷。這十六年，原是他，或是他期盼的人生新路，因為他並不像一九四九年國民黨中國被共產黨中國推翻取代後，流亡來台的詩人群，是來到台灣之後才走上詩人之路，而是在中國已有詩人地位的一代，他的詩集，包括合著的《剪影集》、《生命的紘》、《自由的旗》、《永安劫後》是在中國出版的。《海洋詩抄》、《向日葵》、《畫廊》、《集外集》（覃子豪過世後由友人編集）則在台灣出版。

海洋是覃子豪自述的憧憬與渴慕，年少時未見過海就有這種情愫。他第一次看海，是從北平到煙台，從而成為海洋的歌詠者。一九三〇年代初期，從四川的家到北平就讀中法大學。一九三五年，東渡日本，在東京的中央大學讀了兩年書，因日軍侵華而回國，他的詩人之路就是始於一九三〇年代初就讀大學時。中日戰爭時期，覃子豪參與抗日的文化活動。在東京留學時，曾參與「左聯」東京分部的《詩歌》編輯事務，應有某種進步思想。這常讓我想起曾來台的中國詩人雷石榆（一九一一～一九九六），他們在日本有詩藝的相會。

早於覃子豪一年出生的雷石榆，是廣東人，父祖在荷蘭殖民的印尼經商，中學時期就受普羅文學影響。一九三二年就出版《在文化鬥爭的旗幟下》文藝評論集的雷石榆，一九三三年赴日本留學，在東京的東亞高等預備學校的日語講習後，入中央大學經濟科，參加中國左翼作家聯盟東京分盟，主編過《東流》、《詩歌》（覃子豪也在同時期有相同的經歷）。但雷石榆在日本的活動，顯然比覃子豪激進，他以日文寫詩，成為左翼詩歌團體《詩精神》同人，而且是唯一一位中國人。他用中文與日文寫評論，向中國與日本介紹中國左翼文化運動及日本左翼詩歌，並在日本出版《沙漠之歌》日文詩集，獲日本文學界好評。左聯東京分部的《詩歌》即雷石榆創辦的，他與日本文藝評論家小熊秀雄（一九〇一～一九四〇）相互之間以明信片往還的詩作，後來輯為《中日往復明信片詩集》出版，成為美談，也留下跨越國度的文化緣。

雷石榆是被日本以左翼活動逮捕，被營救後遭驅逐出境。他早於覃子豪，在一九三五年就回中國，翌年又化名赴日，年末再回到中國，先後在福建的廈門及廣州活動，在高中教書，兼任報紙主編，以及文學事務，中日戰爭時期，行跡遍及許多地方。與覃子豪一樣，雷石榆也以文化活動參與抗日。戰爭結束後，雷石榆回到福建漳州、廈門，並於一九四六年來到台灣高雄，在《國聲報》擔任主筆及副刊主編，這一年在高雄出版《八年詩選集》。一九四六年末，雷石榆在台灣省交響樂團擔任編審，同時在許多報紙副刊發表文章，一九四七年，在台大法學院擔任副教授。除了許壽裳、李何林、李霽野等中國來台文化人，他先後也結織了台灣作家楊逵、呂赫若等人，並在一九四七年五月與台灣舞蹈家蔡瑞月結婚。那時二二八事件已發生，之前許壽裳在家中宴客，二二八事件楊逵、呂赫若的悲慘遭遇都是他目睹的經歷。台大發生教授解聘的政治迫害潮，雷石榆也是受害者之一。已與台灣舞蹈家蔡瑞月結婚，並育有不足歲的孩子（雷大鵬，後來也成為舞蹈家），雷石榆猶疑著是否與許多中國學者和文化人一樣祕密離台，但遭逮捕監禁於基隆港務局，後被驅逐出境，留下妻子和嬰兒在台灣，從此一家分離。蔡瑞月被捕，於綠島度過政治犯歲月多年。夫妻兩人，一九九〇年才在中國河北保定相見，但雷石榆已有新配偶，留下「蓬萊恩愛兩春秋，先後無辜作楚囚」詩句。六年後，雷石榆以八十五之齡病逝。

覃子豪在台灣也有白色恐怖時代的被迫害經歷，但在他的相關紀錄裡並未披露。二〇〇〇年代初，我曾在萬華一家古物商「莽甲拾遺」親眼目睹從官方情治單位流落出來的二二八事件、白色恐怖五〇年代兩類舉報文件或口卡。這兩類文件後來均由中研院台史所收購，成為研究歷史的重要資料。我在白色恐怖列管名單的口卡中，看到覃子豪的檔案，也看到張茲闓（後來曾任台灣銀行董事長）的檔案，一些從中國隨國民黨政府流亡來台的文化人，被懷疑通匪，都在監控之列。覃子豪和雷石榆一樣有左派活動經驗，雖然覃子豪不像雷石榆那樣激進，但抗日不盡反共，抗日不盡附和中國國民黨，都在一些文化人心中烙下恐怖印痕。

向夜空追星，向海洋尋夢

我在一本以「生命的亮光，人間的印記」為副書名的《墓誌銘風景》（玉山社，二〇一八年五月），留下〈向夜空追星，向海洋尋夢〉述及覃子豪的墓誌銘，是他來台灣之後的詩集《海洋詩抄》裡的一首詩〈追求〉，印記他的詩人精神。葬於新店龍泉墓園的他，墓園有鄭恆雄為他雕塑的半身像。生前未能返回中國家鄉的他，在四川故鄉的房湖公園也有紀念庭園。

〈追求〉

大海中的落日
悲壯得像英雄的感嘆
一顆星追過去
向遙遠的天邊

黑夜的海風
颳起了黃沙
在蒼茫的夜裡

一個健偉的靈魂跨上了時間的快馬

《海洋詩抄》是覃子豪在台灣出版的第一本詩集，出生在看不見海的四川，要等到近二十歲才在從北平到山東煙台時看到了海；更在一九四七年到了已五十年不屬於中國，在二戰後才因國民黨中國代表盟軍接收，進而據占統治到四面環海的台灣，並以海洋為題材寫下他來到這個新地方的第一本詩集。而且，死在台灣的他，墓誌銘充滿海洋的意象，有英雄的感嘆，也有星星向遙遠天邊的追尋。但黑夜、海風、黃沙的蒼茫中，健偉的靈魂跨上了時間的快馬卻有英雄的悲壯意味。覃子豪在這本詩集的題記中，敘述了他對海的愛戀。他也說來台灣多年後，對海的情感一如往昔，但認識和從前迥異，接觸更密切更長久，在澎湖、花蓮、高雄港、台南的安平港、嘉義的布袋港，都留下帆影和足跡。他說《海洋詩抄》完全出自一個極真摯的人底感情力量所促成。

台灣是一個海島，但文學方面的海洋意象一直要到解嚴以後才逐漸較為顯現。戒嚴長時期的海防戒備森嚴，海不是視野的延伸而是禁忌的防線。覃子豪投射在海洋的是海濤的細語和海風的細說，是自由的意味，是意志和思想，是心靈的港灣，是內心的思念，是願望的出口，是熱情的擁抱，是有人從夜的深處回來，靜寂的枝頭一陣語聲，是有一種不可抵抗的祕密與溫柔的藍色眸子，是一切創造開始的奔騰、溫柔、沉迷之域，是自然之子期待庇護的懷抱……《海洋詩抄》是覃子豪詩學的轉折與分水嶺，之前《生命的絃》為早期作品，時間約當一九三三年至一九三六年，是歷經山東的芝罘、煙台、青島，經北平，到日本的東京之作。既為練習曲，也多為浪漫情懷。《永安劫後》則是日本侵華的戰爭印痕，記述一個城市被敵機大轟炸的災難。以詩與畫，是詩人與畫家共同留下的劫後印象，覃子豪的四十五首詩和畫家薩一佛的四十三幅畫，在永安以及漳州展出，後來輯為詩集出版。

〈我的夢〉

我的夢
在破碎的石子路上
有村女的笑聲
有田中的稻香

我的夢
在靜靜的海濱
有海藻的香味
有星，有月，有白雲

我的夢
在我破舊的筆桿上
有單戀的情味
有淚珠的輝芒

這是覃子豪二十一歲時的作品，可以說是他的青春之歌。他的詩裡有浪漫的情懷，有感傷的意味，有村女、稻田的場景，有海濱、海藻的氣息，有寫作者筆桿的韻味，這些特質既是那個時代，也是他的性格。他在〈我的童年〉說自己沒有快活的童年，是幻想和孤獨，但朗照著詩樣的明淨，有烈能在心裡誕生。詩是他坦露的心聲，也是他情感的寄託，在那青春的歲月，他即以法國詩人、小說家紀德（A. Gide）的《新糧》中「白色的篇幅在我面前發光」的〈白色的篇幅〉留下一篇同名散文，以「新的渴慕」、「未來的畫家」、「向過去告白」、「感傷帶」四個段落，記述在日本伊東的心影，他既以「我每天都咀嚼著生活的苦汁／我的靈魂沒有得到片刻的安息／我期待著那蒼白的療養院／消磨這冗長的冗長的日子」記述感傷、厭世之諷，又有「在心的僻地裡，我除盡了感傷的草，在培植血紅的花」的醒覺。

〈廢墟〉
廢墟在灰暗的天空下

他靜靜地在做著夢
沒有一個人來擾亂他的安寧
他夢見昨日的繁榮

廢墟在靜寂的夜裡
他不曾有過哭泣

他在盼望著他的主人
使他的面目再新

詩的播種者

以大約一周時間完成的《永安劫後》四十五首詩，覃子豪在自述中說，他在技術上是以通俗的方法，要讓一般觀眾（配合畫展的閱讀者）能了解，但「淺」並不是說不具「奧妙」的「深」。以畫為本的《永安劫後》系列詩作，覃子豪並無意於當時現實景況的再現，而是典型化的形象呈顯。覃子豪在〈詩接近大眾的新途徑〉這一篇收於《覃子豪全集I》的《永安劫後》文章，提到中國五四運動以後，一些詩人努力想把詩還給民眾……效果不如預期。……有些詩人們，解脫了中國舊的桎梏，去套上外國來的新的鐐銬；擺脫了中國舊詩人那種吟風弄月的舊情緒，結果，從外國一些詩人們那裡養成一種病態的情緒。覃子豪之於《藍星》，使之與紀弦的《現代詩》相異其趣，可以看出其中況味。這也與某種意義上接續了《現代詩》遺緒的《創世紀》之間有差別發展。

覃子豪在《海洋詩抄》裡，也有作品反映了從中國來台，國民黨的中國被共產黨的中國取代後，某種愛國情懷。他在台灣海峽、馬公港、大陳島海中，記述的一些詩作，流露家國連帶的心境。例如〈旗〉以戰艦上的旗幟喻示老兵，靈魂、方向喻示祖國；向祖國宣誓……但與一九五〇年代以後的反共戰鬥文藝國策文學指導下的一些戰鬥詩不盡相同。他是在中日戰爭時期，就帶有某種左翼色彩的進步青年，而台灣一九五〇年代白色恐怖時期在國策指導下的反共戰鬥詩，附和了黨國意識，大多為宣傳之作。覃子豪的海洋情境，家國情懷與楊喚一樣，出於心性與際遇，具有某種抒情的純粹。

從《海洋詩抄》，走向《向日葵》（其實，這樣的花卉意象在白色恐怖時代常被指為附「匪」，會被政治肅清），覃子豪說《向日葵》是他苦悶的投影，而這投影成為他尋覓的方向。

你是太陽

我是向日葵
每天每天迎接你
……
一粒一粒地
洒下我不死的種子
向著將要復蘇的大地

——〈向日葵之一〉

這是一首二十七行詩，他把向日葵視為詩人的月桂冠，因之自己成了地上的太陽。不知，這是否一九五〇年代覃子豪在情治機關檔案被註記列管的原因？中日戰爭時期抗日的左傾意味詩人，甚至各種文化人，在一九五〇年代甚至更晚的戒嚴體制下，即使來自中國也一樣不被黨國相信。覃子豪或甚至紀弦，不同於少小時期來台灣，後來的軍中詩人、作家群那樣，有許多人其實附和在黨國殖民性統治體制下。戰後的台灣詩史並沒有清洗、檢視這些歷史，也沒有顯露詩人精神史的形跡。

〈詩的播種者〉

意志囚自己在一間小屋裡

屋裡有一個蒼茫的天地
耳邊飄響者一首世紀的歌
胸中燃著一把熊熊的烈火

把理想投影於白色的紙上
在方塊的格子裡播著火的種子

火的種子是滿天的星斗
全部殞落在黑暗的大地

當火的種子燃亮人類的心頭
他將微笑而去，與世長辭

以詩的播種者自喻的覃子豪，不只留下這首詩，也在文壇函授學校及詩歌班講授新詩創作。作為播種者，是他的自我期許，也是推廣、散播，火與星斗，天地之間的蒼茫，在火燃亮了人類的心頭後，微笑而去，與世長辭，詩人在一間小屋裡的天地，何其豪邁！何等壯志！對於詩，覃子豪是有其非功利性憧憬的詩人。他早於國民黨中國從中國流亡來台，對台灣這個南國島嶼的滿懷期待，後來也成為無法歸去故鄉、家國的悲傷，但他早逝的人生和楊喚一樣，留下較為純粹、真摯的形影，他畢竟沒有在反共國策文學的驅策力量留下附和政治力的篇章。

以某種純粹，自我反思

在覃子豪最後一本詩集《畫廊》，建築性與繪畫性的視野，以及趨於象徵主義的某種純粹，似乎成為一個從中國來台灣，在台灣生活、寫作的詩人，因應現實環境而發展的較具自我反思的選擇。

> 詩不僅是情感的抒寫，而詩人亦不僅是一個「字句的組織者」（Words maker）。
>
> ……
>
> 現代詩所強調的是獨創性，在風格上是個性化了的。可是目前中國的現代詩，由於互相影響，互相摹倣的結果，反而消滅了風格上的個性。中國的現代詩到了「標準化」，彼此分不出面貌來的時候，就要日趨沒落了。

這是覃子豪《畫廊》自序的想法，也有對詩藝的新論見，以及自我實踐的努力。

〈**瓶之存在**〉

淨化官能的熱情，昇華為靈，而靈於感應
吸納萬有的呼吸與音籟在體中，化為律動
自在自如的
挺圓圓的腹
……
假寐七日，醒一千年
假寐千年，聚萬年的冥想
……
繁星森然
閃爍於夜晚，隱藏於白晝
無一物存在的白晝
太陽是其主宰
……
蛹的蛻變，花的繁開與謝落
蝶展翅，向日葵揮灑種子

……
宇宙包容你
你腹中卻孕育著一個宇宙
宇宙因你而存在

〈瓶之存在〉是覃子豪常被引述趨於象徵主義之作，六節七十行，以一只花瓶與宇宙共融，形塑相關的存在，宇宙感覺。在一九五〇年代末到一九六〇年代，從《向日葵》的心性坦露，似乎難以讓覃子豪走向有所介入的發展。走向內面性純粹、內向化，帶有一種詩人藉藝術的自我鞏固，這或許是時代條件使然。他以「結構過於嚴謹，詩的生趣將蕩然無存。意象和色彩過度煊雜，則會失去詩本質上的純樸。詩到了素色以及無色以及嚴密而不呆滯，才耐人咀嚼。」同樣在同時代趨於純粹，但林亨泰趨向「非情」，而覃子豪「有情」，也是《現代詩》和《藍星》之別。

覃子豪不若紀弦、鍾鼎文那樣跨越較多年代，他無緣目睹一九六〇年代，他逝世不到一年後《笠》的結社和發展，而只在以中國新詩或中國現代詩為名，由中國來台詩人主導的詩運動或詩史裡一個特異的存在。鍾鼎文是在官方或文化官僚組織有其位置的詩人，但在詩史發展不若覃子豪、紀弦具有地位和實質影響力。紀弦以《現代詩》曾與覃子豪的《藍星》分據勝場，但《現代詩》後來似由《創世紀》接續，而《藍星》也由余光中領航。而余光中的新古典經驗、歌謠體，與覃子豪的路線不盡相同，相對守舊。覃子豪在戰後台灣詩史留下什麼樣的位置？又形成什麼脈絡？值得研究。創作、評論和講授，主編詩刊的各種面向，他在一九四〇年代末、一九五〇年代、一九六〇年代初的台灣經歷，成為台灣詩史的一頁，是戰後台灣特殊歷史構造中的某種存在。

——原載二〇一八年六月《文訊》第三九二期

不談政治，也充實呀！
——對詩人紀弦的某種形式追憶和悼念

上海、台北、舊金山

詩人紀弦（一九一三～二〇一三）以一百〇一之高齡，在異地他鄉的美國舊金山走完他的人生。從中國上海、台灣台北到美國舊金山，他的詩人生涯橫切三個界面。實際上，又以台北為主。說他是中國詩人？說他是台灣詩人？客觀上，台灣現代詩史會有他重要的一頁；中國現代詩史會有著墨，但未必重要；但確定他不會留在美國現代詩史的篇幅。並不是許多流亡在美國的世界許多國度詩人，在那裡也有詩的位置。

一幅口銜菸斗削瘦臉龐睥睨看人的自畫像，流露他的人間像。一九五〇年代，他創辦《現代詩》，發起「現代派」，以「現代詩社」為基盤與「藍星詩社」形成主知與主情的對抗，可以說是戰後從中國隨中國國民黨政權流亡來台的中國現代詩「掀風作浪」的一頁。當年為紀弦的「現代派」貢獻不少理論力量的詩人林亨泰，在一九六五年四月號的《笠》詩刊（第六期），繼台灣詩人詹冰、吳瀛濤、桓夫（陳千武）、林亨泰、錦連之後，於「笠下影」專欄介紹紀弦的詩位置時，說：「現代詩由於紀弦的鼓吹，才拓展了更新的領域，他完成的工作之中，最值得大書特書的，大概是對於當時清一色抒情的詩境，導入主知的要素吧！」又說：「當紀弦主編的《現代詩》揭櫫〈現代派宣言〉時，《藍星》詩刊猶沉睡於『抒情』的甜夢之中，至於《創世紀》詩刊，也還停留於『新民族詩型』的樸素階段。」

紀弦在《笠》詩刊第十四期（一九六六年八月號），發表八頁〈給趙天儀先生的一封公開信〉，對當時的詩壇現象有許多批評。他似有感而發，藉《笠》的園地，一吐為快：「那些假充的『現代主義者』所寫的所謂『現代詩』，實際上只是一種無所表現反表現的非詩非文學，全都是些自欺欺人的表現之否定，什麼詩人什麼詩，那些魚目混珠的文學以下詩以下！說得不客氣一點，他們不過是一群充滿了虛榮心的出風頭主義者而已！就是由於這些傢伙敗壞了詩壇的風氣，今天，我才變得如此的憤怒。我發誓用我的手杖戳穿、敲扁和打爛狼狽為奸的『新形式主義』與『新虛無主義』這兩個魔鬼，兩個妖精，兩個仇敵。我和它們勢不兩立，我和它們不共戴天。」

一九五〇年代，叱吒風雲的紀弦，在一九六〇年代中期以後，與台灣的現代詩壇是有違和感的。他宣布解散「現代派」，停止《現代詩》的刊行以後，原先《現代詩》與《藍星》的對峙，成為《創世紀》與《藍星》的對峙。許多詩人從《現代詩》的編委，轉而成為改版之後《創世紀》的編委，林亨泰、錦連、白萩就是例子。後來，林亨泰和白萩與一生跨越日本語和通行中文的台灣詩人吳瀛濤、詹冰、陳千武、錦連……創辦《笠》，在「笠詩社」集結，發行雙月刊詩誌，自一九六四年六月起至今，持續不輟。

《笠》創刊之年，小說家吳濁流創辦《台灣文藝》，彭明敏教授和兩位他在台灣大學的學生發表〈台灣人民自救宣言〉，引發台灣本土的文化覺醒運動。在台灣這塊土地上，戰後以來一直以「中國的」形勢活動的文學界、詩壇有些微妙的變化，本土的元素和立場逐漸從沉潛的暗處浮顯出來。作為自詡從中國帶來現代詩火種的紀弦，對於《笠》，有某種程度的親善。林亨泰曾掖助他的「現代派」運動，兩人相知；在〈給趙天儀先生的一封公開信〉中，他說：「作為態度嚴肅，風格樸素，以新姿態出現的詩刊《笠》之同人，趙天儀先生在年輕的一代中，是我所欽佩和喜愛的詩人之一。」

白萩是與紀弦有相當機緣的詩人，他在一九九一年六月間，赴美參加在史丹佛大學舉行的台灣人美西夏令營中的「台灣文學研討會」講述「戰後台灣現代詩與笠詩社」，順道與紀弦連繫，與紀弦進行對談。相關對話整理成〈在舊金山與紀弦話詩潮〉，發表於《笠》第一七一期（一九九二年十月號），紀弦那時候七十八歲，但在白萩眼中「身材彷彿已矮了二三寸，背有點駝，過去的註冊商標手杖和菸斗，都沒有了，外出改戴了一頂寬邊草帽，徒手卻步履尚稱輕快。」這篇談話極有詩史意義，應是紀弦離台赴美後，對於他詩人生涯的一次坦露；對於他在台灣的現代詩運動點點滴滴，也有深刻反思。對於為何提倡了「現代詩」，又要取消「現代詩」？紀弦回應說：「因為大家發展的路線走偏差了，那些人模仿《創世紀》超現實主義的表現方法，卻不知怎麼寫及怎樣寫才能寫得好，把文字搞得很晦澀又不通，卻自以為是新的表現，這使我很生氣……後來瘂弦勸我別發那麼大的脾氣，現代詩這個名稱約定俗成，大家都在用了……我接受了他的勸告，不再提取消現代詩的事。但我發了點脾氣，多少也發生影響，糾正了那些壞風氣。」看來，紀弦的火氣，確實隨著年齡的增長而消減了許多。

白萩在那次對談，提到紀弦在中日戰爭時於上海淪陷區的一個公案。一九四二年到一九四五年，紀弦在上海時，以筆名路易士發表作品，有些人曾以他「讚美敵機轟炸重慶」批評曾待在淪陷區的紀弦是漢奸。紀弦說：「那完全是誣陷，是他們假造的！」他說：「是的，抗戰期間，我未從軍，不曾開槍、放砲或殺過一個敵人，但我也沒做過任何對不起國家民族的事。一九四二年從香港返至淪陷區的上海，直到一九四五年抗戰勝利，我從未寫過一首讚美日本空軍轟炸重慶的詩……這些都是潛伏在台灣的隱形左鬼所造的謠言。」

不同國度兩個詩人的情誼

證之一首當年在上海的一位日本詩人池田克己的詩〈詩人路易士〉，可以看到不同國度兩個詩人在敵對、交戰時的情誼，以及流露的人性與愛。在矢野貫一編的《近代戰爭文學事典》，列出一九四五年一月到一九四五年八月，有關日本作家到中國，並留下文學作品的資料中，池田克己於一九四四年一月，出版了一本詩集《上海雜草原》，由詩人高村光太郎寫序。池田克己的這首〈詩人路易士〉，出現在一九七〇年日本詩人會田綱雄《怎樣寫詩》這本書裡。詩人陳秀喜將之譯介、發表在《笠》第四十五期（一九七一年十月號）。

〈詩人路易士〉 池田克己詩 陳秀喜譯

你和我同庚
可是 你的鼻子下有很帥的鬍髭
你比我瘦
比我身高三四寸
你的日語沒有連接詞 但
因為你是詩人
你的日語很純粹 而且
皆是詩
你說（我的詩寫不好 還沒有成就）
可是 我們一起走路的時候
你就說（走在歷史上的四隻腳）
站在 馬上侯的許多老酒甕之前
你就說（一個甕一個甕就是一行一行的詩）
老邁的中國文壇 也許會輕蔑你

你不悲傷這些
反而聳著消瘦的肩膀而已
誰說　人家好
你就著急地
問（比我還好嗎？）
你是充分相信著自己一個的存在的人
然而
這不是你的傲慢
是認為恆有一個出發點的天下公理的忠實感
你說「詩領土」同仁已有九十人
募集預約儲蓄資金來買紙
說要出版三百頁的詩集
大約你的打算會錯吧
可是　一秒也不停止新陳代謝似的你
至少皮膚會留下來的
因而　你很爽朗
啊！萬事萬象對於你都是詩

你的忙碌　我也相信
（日本和中國打架之後　我去過漢口　也去過長沙　去過貴州　去過雲南　還去過越南　去過香港）
你的流浪
你的回歸
如今你才大膽地說
（再會　二十世紀呀
再會　詩呀
再會　文學喲
再會　上海呀
再會　地球
沒有文化　沒有希望　沒有光
中國的文學如今沒有了）
訣別是你的勇氣
絕望是你的「出發」
我從你的三白眼
感到必殺之劍

我自不離開你的拐杖尖頭
感到年輕中國的悲傷憤怒
你是老大國
摧殘里亞里斯特中國的禮節
「請請」那高尚的嘴邊以拳頭擋住
然而你
聽我說
（世界的詩產自日本）
就很頑固地說（世界的詩產自中國）
啊！地球動亂之日
在亞細亞幼稚的爭辯
世界的誰會知道？
五十五元的竹葉青喲
六十五元的花雕喲
只能再買一斤的兩個人的錢包喲
你也窮
我也窮

你的孩子常會生病
我的兩個又常會哭
然而　多麼豐饒的　你我的饒舌
不談政治
也充實呀
你拚命地愛中國
我拚命地愛日本
你是我們的友人
你和我們都很充實
留著鬍鬚的你年輕又英俊
你那裝傻卻認真的臉
非常好
啊　非常好

日本詩人會田綱雄說：「昭和十九年（一九四四），有池田君發表的詩一首，題為〈詩人路易士〉，上海話的發音是 Louis，是住在上海的中國詩人，跟池田君以另一種意識上同樣很活潑而有趣的人物，池田君寫這位路易士的詩，寫得非常好。近來已經沒有人寫這樣的詩了。也許現在的年輕詩人會感到不過癮吧。但我仍然認為這是一首好詩。」

詩之為詩，超越時空與國界

兩個不同國家，而且交戰中。日本稱為日中戰爭，中國稱之抗戰。上海是中國方面所謂的淪陷區，而日方視為占領區。紀弦在上海的經歷難免被用有色眼光看，如果像紀弦說的誣陷，那就更可能了。交戰中拚命地愛中國的紀弦，隨中國國民黨政權以及國民黨中國流亡來台灣，卻不得不又隨子女移民到美國，自視為一匹狼的他在台灣度過二十七年（一九四九～一九七六），在美國的時間長達三十七年（一九七六～二〇一三），甚至比他在中國（一九一三～一九四九）更久。獨步的狼成為流浪的狼。命運印拓在他的詩？或詩印拓在他的命運？

紀弦在上海的經歷，常常和施蟄存、戴望舒和戴杜衡這三位文壇劍客，連帶在一起；他也和非右非左的「第三種人」交往，但與左翼作家是疏離的。主要是因為他重視創作的自由，不喜意識形態牢結。他在台灣，與覃子豪、鍾鼎文，被稱為詩壇三老，後來改稱詩壇來台三老。因為一九六〇年代中期以後，台灣的詩人陳千武的兩個球根論提出，獨尊中國火種論的觀點被修正了。紀弦、覃子豪、鍾鼎文都是與日本有淵源，對日本詩壇有了解的詩人，對於台灣現代詩不完全源於中國傳統，是有所認識的。他在林亨泰、錦連、白萩的詩與詩論，應當觀照到這樣的視野。尤其林亨泰，對他發起的「現代派」，提供那麼大的掖助之力。

紀弦在台灣的詩之經歷，有許多與他相識相知的詩人談論；他在上海的「現代派」關連，也見諸篇章。〈詩人路易士〉這首詩觸及的歷史，會讓人對紀弦的詩人之貌有一種新認識。在交戰中，在政治芥蒂中，詩人與詩有超越不同立場，歸屬於人性的善美和真實的本質。路易士代表紀弦的青年時代，上海時期，二戰以及中日戰爭時期，更見詩人紀弦的初心。

早年的他就留有鬍髭，瘦高的身材，在與他同齡的日本詩人池田克己眼中，會說日語的紀弦會喝酒，有詩人的狂氣，「充分相信著自己一個的存在」，組詩社、辦詩刊、出版詩集，活動力強，創作力旺盛。對自己有充分自覺，自信的紀弦，睥睨一切，有「三白眼」看人的孤傲。他與日本詩人之間，以「世界的詩產自中國」與「世界的詩產自日本」互損；「一個拚命地愛中國」，「一個拚命地愛日本」，在國家敵對之中，互相為朋友。「不談政治／也充實呀」流露出詩人間的動人情誼。這樣的詩，可以視為戰爭時的人性證言，超越了國家的界限。

這樣的詩，便會想到近現代漢語中文詩的政治處境。在中國，不只中日戰爭，也有國共鬥爭影響的右左意識形態鬥爭，許多詩人各自為政治的分裂性陣營效力。從中國大陸到台灣的詩人，特別是一九四九年國民黨中國被共產黨中國推翻，流亡來台之後，許多詩人被迫或主動附和在中國國民黨統治權力圈。戰後，在台灣的現代詩史，有多少政治污垢的積累？但應該也會有類似日本詩人池田克己寫的〈詩人路易士〉這種，歷經時間的沖刷仍然感動人的聲音！如果沒有，那麼詩人的存在就太可憐，太不幸了！

一首好的詩，是超越國界的，是印證人性的善美之花。放在不同的國度，放在不同的時代，仍然能感動人的詩，才是詩之為詩而非政治附屬品的條件。詩人可以狂傲，像紀弦的詩〈狼之獨步〉，曾在《笠》第三十期（一九六九年四月號）的「五年詩選」被推荐。這是紀弦心目中的好詩，也是紀弦的自畫像，流露出他的狂氣。這首詩也在《笠》第四十一期（一九七〇年十二月號），於「名詩選評」欄，在北、中、南三場合評登場，得到許多掌聲，顯示台灣本土詩人的慧眼與相惜。若說文如其人，〈狼之獨步〉就是紀弦的寫照。

在《笠》的篇幅，紀弦多次出現。他曾藉《笠》抒發對詩壇的感觸，他也在《笠》被談論。陳秀喜譯介池田克己〈詩人路易士〉的時候，紀弦仍在台灣。這首詩，不無陳秀喜對紀弦致意的意味。那時候，晚生他八年的陳秀喜是《笠》詩社社長，也在上海有人生經驗，而那時候台灣被日本殖民統治。陳秀喜對池田克己這首詩應有頗多感觸。而白萩的紀弦訪問，是在美國，紀弦垂垂老矣！但離紀弦離開人間仍有二十二年之久。這些詩壇軼事是詩史的某種點綴，卻在紀弦辭世之後成為某種光點。看著台灣在追憶紀弦，悼念紀弦時，媒體出現的紀弦形影，他瘦削的照片，他翻著三白眼的自畫像。想到他從中國，來到台灣，又去了美國，一百〇一之齡分割成三階段的人生。不禁浮起「不談政治，也充實呀！」這樣的行句。

——原載二〇一四年三月《文訊》第三四一期

在流亡中流亡，在孤峯頂上築夢

——隱遁者、脫逸者周夢蝶

周夢蝶（一九二一～二〇一四）被歸類為《藍星》這一以抒情為號召的詩派，在一九五九年出版了詩集《孤獨國》以後，建立名聲。他雖屬於以覃子豪這位領導人為首的《藍星》，卻除了抒情這一路線，走的是極為個人風格的詩之路程。與其說，他受到《藍星》的派別影響，不如說他受到的影響來自古典漢語詩歌。雖然他早期有許多作品會引喻西方現代詩人的詩句或意味，但踽踽獨行，與戰後台灣詩史中派別的爭論無關。

作為一九二〇世代詩人，他和來自中國，隨國民黨中國在一九四九年亡於中華人民共和國而形同流亡在台灣的詩人們一樣。師範學校未能畢業的他，在家鄉河南淅川留有妻子和二子一女，隨軍隊來台。顛沛的人生際遇，在相對於大中國的海島一隅台灣，面對著挾持國家的黨國體制，以及作為美蘇對抗前線的戒嚴反共體制，情何以堪？

一九二〇世代，原是戰後走上人生舞台，要根據自己志向發出亮光的世代。以東亞的日本、韓國而言，戰後詩代表性的「荒地」詩人群，「列島」詩人群，無不是一九二〇世代；而韓國也一樣。一九二〇世代的詩人們，以青年之姿，承續已建構的詩傳統，開啟新時代的視野。怎麼面對戰敗，是日本一九二〇世代詩人的課題；怎麼面對從被殖民獨立，又在左右分裂、民族分斷，民主化受到打壓，是韓國詩人的課題。他們國度的詩人們，不管左右，不論純粹或參與，不論藝術或介入，都具有這種時代感覺和現實意識。

台灣的一九二〇世代詩人們，屬於本土的詹冰、陳千武、林亨泰、錦連、陳秀喜、杜潘芳格，面對的是語言斷絕變易的失語症困頓。林亨泰和錦連較早參與了以中國現代詩為名的現代派活動，但二二八事件的陰影仍然存在。而中國流亡來台的一九二〇世代詩人們，包括周夢蝶、余光中、洛夫，有些以大學生身分，有些以軍人角色，形同流亡在異地，儘管在類殖民的統治構造裡，但亡國之痛，流離之苦，有語言也說不出口。

戰後台灣現代詩的開端，並沒有戰後性的真實意味。在戰敗國，那是戰敗的意義廢墟的體認；在戰勝國也須面對參戰的傷害。而台灣，台灣的本土詩人面對的是被光復的政治解釋，新的類殖民政權在二二八事件留下的陰影；而中國流亡來台的詩人呢？在戰後未幾的一九四九年，中華民國被中華人民共和國取代後的反共抗俄到反攻大陸政治邏輯，流亡在台灣的中華民國以戰勝國自居，其實二次世界大戰的中國戰區傷害纍纍，而且國家又已亡於中國共產黨。際遇不同，但一九二〇世代同樣面對著困厄情境。

周夢蝶於一九五二年發表詩作，加入「藍星」。他的第一本詩集《孤獨國》於一九五九年出版。這時候，他也在台北武昌街的明星咖啡館騎樓擺設書攤，專賣詩集與文哲書。一九五四年，在台北中華路鐵路平交道車禍身亡的楊喚，同年由現代詩社出版詩集《風景》，在某種傳奇意義上，和周夢蝶有對照性。楊喚雖然在詩中有「詩人的第一課是成為一個戰士」這樣的詩句，但他在童話詩的園地耕耘，而周夢蝶在習禪禮佛之境觸探，兩人都逃離戒嚴統治體制國策文學宰制的困局。

戰後台灣現代詩的傳奇

周夢蝶的《孤獨國》與他在明星咖啡館騎樓的書攤，都是某種隱喻。周夢蝶是在某種隱喻下成為戰後台灣現代詩的傳奇：一個城市的隱遁者，一個時代的脫逸者，交織在他詩與人生的是紅塵中穿著袈裟般布衣或棉襖的僧侶般形影。一九六〇年代末，我以文學青年來到台北，也曾造訪他的書攤，我只靜靜地看他，並沒有和他寒暄，我的《還魂草》就是向他購得的。

〈孤獨國〉

昨夜，我又夢見我
赤裸裸地趺坐在負雪的山峯上。

這裡的氣候黏在冬天與春天的接口處
（這裡的雪是溫柔如天鵝絨的）
這裡沒有嬲騷的市聲

只有時間嚼著時間的反芻的微響
這裡沒有眼鏡蛇、貓頭鷹與人面獸
只有曼陀羅花、橄欖樹和玉蝴蝶
這裡沒有文字、經緯、千手千眼佛
觸處是一團渾渾莽莽沉默的吞吐的力
這裡白晝幽闃窈窕如夜
夜比白晝更綺麗、豐實、光燦
而這裡的寒冷如酒，封藏著詩和美
甚至虛空也懂手談，邀來滿天忘言的繁星……

過去佇足不去，未來不來
我是「現在」的臣僕，也是帝皇。

周夢蝶營造一個孤獨國，他遁入這樣的孤獨國，既是臣僕，也是帝皇。這是夢，是相對於現實的情境。在雪的山峯——這是既高且冷的地方，赤裸裸地趺坐，一種無穿戴的本體的坐姿，一種化外之地，脫俗之境。從氣候的冬春之交，因此以括弧加上（雪是溫柔如天鵝絨的）；沒有男男女女的喧囂，不說是人，不說是男女而以「夥」指之；而時間嚼著時間並反芻喻示著一種無聲，卻又微響，靜中無聲之聲。沒有眼鏡蛇、貓頭鷹與人面獸，從野外的動物到神話的獸身，相對的是一種夢的烏托邦；曼陀羅花、橄欖樹和玉蝴蝶的佛禪，但卻又在沒有文字、經緯之外；又加上沒有「千手千眼佛」，此佛禪非一般佛禪，而來自內心。以渾渾莽莽沉默的吞吐的力，以白晝幽闃窈窕像夜晚，而夜晚又比白晝更綺麗、豐實、光燦的反逆說法，襯托出寒冷如酒的詩和美，虛空、繁星的無言有語，極盡的矛盾語法呈現一個現在的當下情境。而自己是「現在」的臣僕，也是帝皇，觀照自己。孤獨國是詩與美之國，不只是佛禪之境，在孤獨國成為帝皇，服務於當下。周夢蝶以此原型描寫他的詩世界。

他和楊喚有些相似，也極為不同。楊喚在童話裡構築詩殿堂，而周夢蝶在佛禪。楊喚童稚，周夢蝶老成。楊喚和周夢蝶都因從軍而隨國民黨中國在中華人民共和國另易中國的旗幟後流亡來台，但他們兩位的「從軍」未必有積極性，例如保家衛國，毋寧是一種逃難的跟隨。楊喚以文書士官，周夢蝶也是士官。他們從軍是命運所致，是大時代的苦難造成的。周夢蝶拋妻棄子來到台灣，際遇與情境和楊喚離開了戀慕的對象，並不盡一樣。楊喚追尋的夢境和周夢蝶逃逸脫出的情境也不盡相似。楊喚對安徒生的傾慕不同於周夢蝶以莊周夢裡的蝴蝶，蝴蝶夢裡的莊周的自喻。兩個人都從軍來台，棄戎投筆的周夢蝶和因平交道事故而身亡離開軍人身分的楊喚，又與許多所謂的軍中詩人不一樣，不管屬於《現代詩》、《藍星》或《創世紀》，這兩人相對較為純粹。

一九五〇年代，流亡在台灣的國民黨中國為保有政權，以反共為國策，施行黨國化戒嚴統治，提倡戰鬥文藝政策，在黨政軍社團置入協同力量，有些詩人是被安置在這種力量中，以文官或武官身分成為文藝官僚。有些人行禮如儀，虛應故事；但也有些人成為協力者。這是尚未清算的歷史。在德國，經歷納粹時代的考驗，有許多在漢娜・鄂蘭（Hannah Arendt，一九〇六～一九七五）所說的「平庸的邪惡」，成為官方謊言的共謀者。在許多納粹德國文學史敘述中會把真實狀況敘述，附和者，隨從者，逃避者，抵抗者，在外在流亡和內在流亡的情勢中，詩人作家的精神史光影會呈顯，而台灣呢？轉型正義未形成的詩史或文學史，有某種困境的存在。但周夢蝶和楊喚一樣，並不在戰鬥文藝的國策文學構造裡，不像有些詩人作家在一九五〇年代，甚至六〇年代，七〇年代，八〇年代，留下「官方謊言共謀的紀錄」，當然也不是「醉鬼的狂歌」或「大二女生的讀物」——這都是波蘭詩人米洛舒（C. Milosz，一九一一～二〇〇四）在他的詩〈禱詞〉提到的。這位一九八〇年諾貝爾文學獎得主，二戰後在他的祖國共產化後，流亡美國，以詩和文彰顯自由的追尋以及文明批評的亮光。

以詩的悲哀，征服生命的悲哀

〈孤峯頂上〉是周夢蝶第二部詩集《還魂草》中的一首詩。這本詩集出版時，他已是台北街頭的文化風景，在明星咖啡館騎樓的書攤，經常有人造訪。後來更有美國一家雜誌的記者以古希臘代神祇發布神諭者稱之「Oracle on Amoy Street」（峨眉街上的先知），Amoy 的峨眉街和Oracle的神諭，反映了外國人對周夢蝶風景的觀照。一九六〇年代到八〇年代，台北市武昌街算是滾滾紅塵，在其間建構孤獨國，憧憬孤峯頂上，周夢蝶的詩業與行止顯示了某種極具情境矛盾的、衝突的劇場意味。

〈孤峯頂上〉是一首五十行詩，被認為是《還魂草》的壓軸之作，極具代表性：

恍如自流變中蟬蛻而進入永恆
那種孤危與悚慄的欣喜！
髣髴有隻伸自地下的天手
將你高高舉起以寶蓮千葉
盈耳是冷冷襲人的天籟。

擲八萬四千恆河沙劫於一彈指！
靜寂啊，血脈裡奔流著你
……

而在春雨與翡翠樓外
青山正以白髮數說死亡；

……
而所有的夜都鹹
所有路邊的李都苦
不敢回顧：觸目是斑斑刺心的蒺藜。
恰似在驢背上追逐驢子
你日夜追逐著自己底影子；
……
想六十年後你自孤峯頂上坐起
看峯之下，之上之前之左右
簇擁著一片燈海——每盞燈裡有你。

這是周夢蝶的心境，也是他的風景。他的詩可以說是某種消極的抵抗論嗎？在台灣的詩史很少有抵抗論和批評論被正視。有些詩人一面揮舞超現實主義這種極端現實主義的旗幟，卻在脫離現實主義的狀況裡。周夢蝶在「藍星」的系譜裡，以他的特殊抒情鋪陳他孤獨之國以及孤峯頂上的情境。他的詩與從中國流亡來台的一九二〇世代詩人不同，也和台灣本土的一九二〇世代詩人不一樣。一九五〇年代、六〇年代的詩觀交織在出身台灣與出身中國，分別在被殖民統治過與流亡離鄉背井的白色恐怖戒嚴統治時期，戰後的台灣詩史應該從這樣的視野去觀照。

戰後台灣現代詩人的結社，原本有銀鈴會跨越終戰時點，以《緣草》為場域的活動，但因二二八事件及其後的白色恐怖而中斷，直到一九六四年再以《笠》集結。林亨泰從「銀鈴會」、「現代派」在一九五〇年代的參與，《笠》創刊初期擔綱主編，形成現代主義的本土派，並呈現一九二〇世代台灣本土詩人與中國流亡來台詩人在《笠》的活動。《笠》五周年，舉辦「第一屆詩創作獎」，周夢蝶以《還魂草》成為得主。在推薦詩集二十七本，進入初選十二本中，脫穎而出。當時的七位評審委員是白萩、余光中、林亨泰、洛夫、瘂弦、葉泥、趙天儀。評審審查書對周夢蝶詩集《還魂草》留下這樣的評辭：

現代詩如想成功的承接我國光榮而綿長的詩傳統，須經過極為痛苦的試鍊過程。周夢蝶在《還魂草》中的作品，正可說意味著這種過程。透過一種純東方式對宇宙萬象的靜觀，傳統文化的反芻和個人生活嚴酷的內省，作者肅穆而完美地表現出一個充滿了哲趣和禪機的世界。在思想上，周夢蝶的詩是對生命悲苦的掙抗和超越，在語言上，其鎔鑄新與舊，古典與現代的努力，無疑為中國的現代詩如何去承先啟後繼往開來提供了一項可能。

這屆「笠詩獎」候選作品，在詩創作獎中的名單，洛夫的《石室之死亡》、《外外集》、白萩《風的薔薇》、鄭愁予《窗外的女奴》、余光中《五陵少年》、《蓮的聯想》、詹冰《綠血球》、敻虹《金蛹》、方旗《哀歌二三》、吳濁流《暝想詩集》、葉珊《燈船》……都在列。但隨著新世代台灣本土詩人在《笠》的登場以及《笠》本土意識的更加提倡，台灣現代詩不同傳統球根論有不同發展方向。中國流亡來台詩人群，在《創世紀》接收《現代詩》停刊、「現代派」解散後的勢力，以超現實主義取代新民族詩型主張而形同新霸權後，對《笠》在林亨泰、白萩以外的詩人刻意排擠，《七〇年代詩選》、《八〇年代詩選》呈現的詩史詮釋就是這樣的面相。

曾在詩集《孤獨國》扉頁，引印度女詩人奈都夫人詩句「以詩的悲哀，征服生命的悲哀」的周夢蝶，《還魂草》之後的人生之悟更見禪思佛理，他「雪中取火，且鑄火為雪」的引喻，冷熱矛盾交集統合，與其人生相形相照。猶如今之古人的周夢蝶，熟讀中國經書，也涉獵一些西方經典。他的〈山〉以《可蘭經》「若你呼喚那山，而山不來；你就該走向他。」為前題，詩行中也有「息息法斯底憂戚亮了／當雷電交響時／你像命運一般地哭／哭這晝，是誰家的晝／夜，是誰家的夜」。息息法斯即希臘神話中那被懲罰的，英譯Sisyphean，在法國小說家卡繆的實存哲學或說存在主義語境中無盡的徒勞無功。〈擺渡船上〉也有「愛因斯坦底笑很玄，很蒼涼」這樣的結尾。

〈擺渡船上〉

負載著那麼多那麼多的鞋子

船啊，負載著那麼多那麼多
相向和相背的
三角形的夢。

擺盪著——深深地
流動著——隱隱地
人在船上，船在水上，水在無盡上
無盡在，無盡在我剎那生滅的悲喜上。

是水負載著船和我行走？
抑是我行走，負載著船和水？

暝色撩人
愛因斯坦底笑很玄，很蒼涼。

以鞋子喻人，人、船、水以擺渡船為場域，兼有此岸和彼岸之間流動之章。若引喻愛因斯坦說科學，那麼第一節的「三角形的夢」或許可引伸人、船、水的關連，相向和相背既是人和人的關係位置，也可以是心理對應。若此，則愛因斯坦的玄、蒼涼，是因為無解嗎？擺渡，既搖盪又流動，不只是船在水上，也可以是人生之境。玄學和科學，人生有些是無解的？從語脈推敲周夢蝶詩之意旨，有他觀照的寄意。

周夢蝶的詩趨近新古典主義情境，余光中《蓮的聯想》或近於他。在二戰後台灣的政治環境，從中國隨流亡政權來台灣的他，雖加入軍隊，其實並非真正想成為軍人。「軍中詩人」這樣的身分，在《現代詩》、《藍星》和《創世紀》都大有人在。日本戰後的《荒地》詩人群，大多是一九二〇世代；他們經歷戰爭，有朋友死於戰場。田村隆一即曾說過：「詩人、軍人和醫生三種人最能體認人類悲慘命運。」戰後的日本詩人們，在左或右立場，凝視戰敗的意義的廢墟走過，較少有遁入古典情境或隱逸於自然。這或許是日本的現代意識較發達的緣故。而韓國的詩人們，二戰後兩種獨立運動，分別依峙南北，並經過內戰、民族分斷。戰後日本民主化；而韓國則經獨裁軍事統治，在不斷抗爭中民主化。台灣或許社會情境較似韓國，都有隱遁或脫逸的詩現象。相對於社會派的藝術派，相對於參與或介入的純粹派，也在戰後詩有位置。韓國同世代的朴木月、朴斗鎮、趙芝薰，屬於青鹿派。趙芝薰被稱為吟風吟月詩人，深受中國唐詩影響，有古典素養，也表現佛禪意味，但他也有《韓國民族運動史》這樣的介入著作，反映了韓國詩人的精神史。

周夢蝶是孤獨的，雖然依偎佛禪，但他在紅塵書攤的打坐，吸引許多目光，在行止上也不拒人於外。從中國流亡來台是時代的悲劇，他隱遁、脫逸於現實，在反共、反攻大陸的戰鬥文藝國策文學導向中，並未附隨、呼應，而形同內在流亡。他的詩是戰後台灣現代詩中，源於中國傳統球根的系譜中一個面向，與楊喚的童稚本質不同，但都相對純粹。周夢蝶的用典大多取自中國古典，或佛禪，而楊喚則在童話的氛圍互動。楊喚以二十五之齡，不幸死於火車平交道的車禍；周夢蝶以九十四之齡辭世，算是高壽，他的傳奇是詩的風景，是文學風景，也是文化風景。除了《孤獨國》、《還魂草》，他還有《周夢蝶世紀詩選》、《約會》、《十三朵白菊花》，也有《風耳樓逸稿》、《有一種鳥或人》、《風耳樓墜簡》等書信、日記、手札、隨筆集。

在紅塵中的苦行僧也是戰後中華民國從中國流亡來台灣的詩人形影。他既是中國的，也是台灣的。戰後的台灣詩史視野，如果用兩種傳統球根論的發展去重建，也許更能把握歷史的現實。台灣的國家認同受限於政治的混淆與紛擾，並未形塑出一個真實、正常的國家形貌，也因此詩史觀照存在著許多文化盲點、偏見，沒有統合性的建構整理。以東亞的日本、韓國為例，我們充滿論述偏見的詩史或文學史，就如同國家各自表述的情境。

——原載二〇一八年四月《文訊》第三九〇期

在靜靜落下來的夜色中，發出聲音的黑水晶

——以典雅的筆觸留下冷凝吟唱的方思

第一次讀到方思（一九二五～二〇一八）是高中時期，在高雄大業書店買到的《六十年代詩選》（一九六一年出版，瘂弦、張默主編）。彷彿現代詩的祕笈，依序選錄方思、白萩、余光中、林泠、林亨泰、秀陶、吳望堯、紀弦、馬朗、洛夫、夏菁、崑南、商禽、黃用、黃荷生、葉珊（楊牧）、葉維廉、覃子豪、張默、瘂弦、敻虹、碧果、鄭愁予、錦連、薛柏谷，共二十六人作品。主要是《現代詩》、《藍星》和《創世紀》詩人群。那時候，台灣跨越日本詩到通行中文的詩人大多還未復出，只林亨泰和錦連參加了「現代派」，而許多這本詩選上的詩人不見於後來的詩壇，或少被提起，例如秀陶、馬朗、崑南、黃用……，他（她）們有些是東南亞華裔詩人，有些後來出國而淡出。

出版了《六十年代詩選》，創世紀又在一九六〇年代即編集出版《七十年代詩選》，幾乎掌握了戰後台灣詩史的發言位置。早已於《六十年代詩選》出版之前，就已離開台灣、去了美國的方思，儘管在《六十年代詩選》中，被稱譽為「寫了不少超水準的詩，早期如〈夜〉，近期的如〈豎琴與長笛〉，他這麼傑出作品中所噴射的對宇宙與生命的穎悟，那種略帶哲學意味的對事物之思考，以及心與物交互感應，時間與空間的錯綜，自我與對象的默契；……的確不

是沒有受過訓練的心靈所能掌握。」他的一句話：「並非旦夕免於創作偉大的東西，而是默默地想去把創作著的創作得好。」也被引述說「寫作態度之真誠。」但是離開台灣的方思逐漸淡出台灣的詩壇。原本《現代詩》與《藍星》以主知和主情相對，並行主導戰後台灣從新詩到現代詩發展的進程，紀弦解散「現代派」，停刊《現代詩》，甚至主張取消「現代詩」，《創世紀》留下來的參與人馬幾乎形成主導地位。超現實主義的主張幾成主流，但《藍星》的余光中以《蓮的聯想》形成的新古典主義詩風與之抗衡，《創世紀》只接收了《現代詩》留下的位置，詩壇形成白萩在以〈魂兮歸來〉為題，回顧台灣詩壇（自《笠》第二期起連續兩期，自A至O共十五則）所述的狀況：

I
據說：現在是超現實精神的時候。
據說：現在是存在主義的時候。
據說：現在是抽象的時候。
據說：現在是講究中國情調的時候。
可是
因了超現實，而放棄了「人的意志控制」，渺視人的尊嚴？
因了存在，而必須「強說愁」？

因了抽象，而抽掉了橋板？
因了中國情調，而必須做鏢客，和甌甌戀愛？
……

白萩以嘲諷的口吻對《笠》創刊之前，台灣詩壇已由《創世紀》當道的氛圍，提出了他的批評意見。這也是《笠》創刊號起數期，主編人林亨泰的系列社論的觀點：諸如〈古剎的竹掃〉、〈幽門狹窄〉、〈惡意的智慧〉、〈破攤子與詩人〉、〈非音樂的音樂性〉、〈精神與方法〉，連續六期六篇，擲地有聲的省思莫不緊扣詩壇發展的課題。而方思在《笠》第八期（一九六五年八月號）的「笠下影」即出現，繼《笠》本社詩人詹冰、吳瀛濤、桓夫（陳千武）、林亨泰、錦連之後，在外社詩人紀弦、楊喚之後，顯見他被推崇的一面。

有批評意識的詩人

《笠》第八期的「笠下影」，刊載了方思的〈給一個鄉下女孩子〉和〈鳳凰木開花的時候〉。對於方思的「詩的位置」這樣敘說：「方思是與紀弦等幾個人推動中國詩導向現代化上，可說是比余光中早一時期的先進之一。雖然所說的詩論不多，但由他介紹里爾克以及各國現代詩人的手法上，我們將可窺見並十二分的了解他對於領會現代詩的深度。」

而對於方思「詩的特徵」則有這樣的按語：「『文字拘泥』是他的詩的特徵。……這種態度正能促成了他的詩成為觀照的，冷靜的，而不陷於傷感的，衝動的。」

在「結語」，對於方思，是這樣說的：「有人或許非做詩人不可，但也有人無所謂做不做詩人的，例如楊喚。但，他也是個詩人。有人或許非做批評家不可，但也有人無所謂做不做批評家，例如方思。但，他也是批評家。」

〈給一個鄉下女孩子〉

堤岸上不知名的白花
流向不知何處的水
你採摘不知功用的禾草
你去工作
而你不懂什麼是生活
生活於你沒有意義

盛滿湖泥的船
駛向港灣
你不知道

海灘上拾貝殼的小孩子們
欲以珠光與夕照比美
你不知道
你並非不認真生活
亦不是春天永不近你的身
深綠的田野
深綠的水
深綠的成熟，富饒
你泰然站著
你的生命便是深綠
而你安於你的生命

（略十行）
永恆的明朗，永恆的清新
這是生活，何必需要藝術

比起《六十年代詩選》選的〈豎琴與長笛〉五小題堂堂二百多行，〈給一個鄉下女孩子〉

的鄉村風土性，更反映了《笠》對方思作品的選擇視野，可惜這樣的詩並沒有被發展出來。方思是紀弦為首的《現代詩》一員，他在一九五〇年代譯介了德語詩人里爾克的《時間之書》，也譯介其他歐美詩人作品，對現代詩有世界性視野，是戰後跨海一代從中國來台有學養的詩人，在當時的中央圖書館（現國家圖書館）任職，參加「現代派」被紀弦讚譽有加。紀弦在方思詩集《時間》，曾說「無論如何，方思是我的同志之一」；也在方思於《現代詩》譯聖經章節時，說「因為對於詩，特別是今日新詩，我們的看法一致」。

紀弦對於一九五〇年代末、一九六〇年代初的現代詩發展是有意見的。他甚至在《笠》第十四期（一九六六年八月號），以〈給趙天儀先生的一封公開信〉，披露了他悶在心裡的許多怨氣。

> 我來台後的文藝活動，除不斷寫作外，恐怕下述兩樁大事更是無人不知誰也不可否認的吧——第一是我從大陸帶來了火種，一手建立了這個詩壇；第二是我獨立創辦了《現代詩》，出版了不少的叢書。……我曾組織了「現代派」，然後又把它改組為「現代詩社」。我主張「新詩的再革命」。針對以余光中為代表的格律詩之流行，我一腳踏熄了「新月派」的死灰之復燃。我提出了我的「新現代主義」：那是不同於法國的，亦有別於英美的「中國的」現代主義。我所要求的「現代詩」，乃是基於我的「新現代主義」的一種健康的而非病態的，向上向善的發光發熱的而非縱慾的頹廢的……

從《創世紀》標榜超現實主義詩風為導向的發展，並非紀弦所能約束。他的「向上向善，發光發熱，健康而非病態」，對於標榜朝向「前衛」、「現代」的風潮，顯然是保守的，非紀弦所能扭轉的。為此，紀弦甚至要正新詩之名，他以廣義的「口語化」，以及狹義的「自由化」作為進階，認為狹義的現代詩是指有別於「傳統主義」的「現代主義」的詩而言。他以「偽詩泛濫，非詩橫行」，主張把「現代詩」的說法取消。紀弦想以「新自由詩」代替現代詩的說法並沒有被正視，讓他頗有時不我予之嘆。但歷史的腳步不斷向前走，彷彿水流，海浪，畢竟只能感到徒然！有學養的詩人，例如方思有規有矩，不見得會被引為風尚；散兵游勇橫衝直撞，取代《現代詩》潮流的是《創世紀》的一群，他們對峙的矩陣是《藍星》的詩人群以及其詩風。

〈聲音〉

夜漸漸地冷了，我猶對燈獨坐
冬夜讀書，忍對一天地間的黑暗
僅僅隔一層窗，薄薄的紙
我猶挑燈夜讀，忍受一身寒意
每一個字是概念，每一句子是命題

是力量，是行動，是一個生生不息的宇宙
有熱，有光
在沉寂如死的夜心，我聽到一個聲音
呼喚我的名字：我欲
推窗出去

冬夜讀書的「我」，對著天地間的黑暗，在字句的概念、命題、力量、行動中，領略宇宙的熱與光。沉寂之中彷彿有呼喚的聲音。我——與天地之間的黑暗、沉寂，連帶起來，我被牽引。聲音是什麼聲音？莫非像里爾克的詩裡秋天一枚落下的葉子，有一隻天地間的手將之托著的意境。

凝視與靜觀

方思的詩充滿凝視與靜觀，他是有節制的詩人，不會揮霍語字，講求某種嚴密。以《時間》、《夜》、《豎琴與長笛》三本詩集留下他的詩業，就如同他從中國跨海來台、又去了美國的大約十多年間，在台灣這塊土地留下的精神遺產，在一九八〇年代由洪範書店的《方思詩集》呈現，或許是作為某種詩史的紀錄，讓人緬懷。相對於從一九五〇年代末到一九六〇年代，以現代主義之名形成的晦澀、難懂，以及標榜詩之不可解只可感的某些論調，方思的一些作品留下戰後台灣現代詩發展初期相對於服務國策反共八股的戰鬥詩，以及恣意內向化詩作品的某些見證。這些見證其實也在追隨著方莘和方旗，在某種意義上似有相近性。

〈**夜歌**〉　方思

夜性急地落下來了
你不要唱哀悼的歌

你祇有一個形態
卻有無數的影子

……
（略十六行）
在黑暗之黑暗，寂靜之寂靜的
外界
不要唱哀悼的歌

〈**夜的變奏**〉　方莘

呵·夜
夜性急的落下來了
你不要唱哀悼的歌
你不要用憂鬱捕捉我
不要以懷疑的目光審訊我
我只不過是嘆息
我只不過是嘆息　我只不過嘆息於這小小的貧窮。
……（略五節五十三行）
我甚至不敢企盼什麼。
不敢　在破曉未臨的時候
歌。　逃出這渦形的宇宙
想要說什麼　也　不敢
怕連這小小的貧窮。　夜
呵。　夜。　都會失去。

方思常和方莘（一九三九～，本名方新）、方旗（一九三七～，本名黃哲彥）被聯想在一起。方思出身《現代詩》；方莘出身《藍星》，但早有自己的詩風，畢業於淡江大學外文系的他，在加拿大蒙特婁大學取得英國文學博士學位；方旗，畢業於台大物理系，在美國馬里蘭大學獲物理學博士學位後，留校任教，不屬於任何詩社。方思在一九五〇年代即有其風格，而方莘和方旗在一九六〇年代初期、中期，也都有獨特形貌。三人後來也都離開台灣、定居美國，未繼續參與台灣的文學活動，只留下一九五〇年代和一九六〇年代，戰後台灣現代詩發展初期，帶有知性的抒情以及嚴謹的行句琢磨。或許也因為在圖書館及學院，他們沒有沾染國策文學的戰鬥詩歌口號流弊，也沒有軍中詩人群面對戰亂在超現實主義流行口號的任恣記述，存留著某種學院性格，這是方思，也是方莘、方旗詩業共同的形影。

方旗的一首詩〈蔗田〉，以四行齊底排列，對農村的觀照，更在他諸多作品之中留有特殊的位置。既有圖像詩的意味，更有深刻的觀照和風情。我曾於一本收錄五十位詩人五十首詩的《台灣詩閱讀》選錄，並加以解說。

〈蔗田〉 方旗

糖廠的煙囱拖拉小火車
　沿土地的刀疤駛去
　　空氣裡充滿糖分

沉澱在蔗農身上，卻是鹽漬

方莘的〈膜拜〉採齊底方式，方旗的詩都以齊底方式處理。兩人似乎都從方思作品裡的嚴謹、細密得到啟示。這正是戰後台灣現代詩的課題，在口語化自由體的形式中，常常流於構造的任意。一九五〇年代末到一九六〇年代，標榜現代主義的諸流派以超現實主義造成的負面影響最大。瘂弦在他選編《當代中國新文學大系・詩卷》（天視出版，一九八〇）的〈導言〉也提到：「說到詩的語言的惡化，常常有人會責怪五十年代末期和六十年代初期『創世紀詩社』部分詩作者（如洛夫和筆者）（即瘂弦）所試驗的超現實主義技巧，而把稍後詩壇上語言表現的過份放任和混亂，歸咎於這項試驗，……」而說「這是有欠公平的。」瘂弦提及「簡潔與節度（準確）」、「語言的鍛鍊」、「表現語言的音樂性」，並說「一首詩的每一個句子，都必須具備對全詩整體有貢獻的『有機性』，這種句子才有意義。」顯見，這是一九八〇年代仍存在的看法。方思的詩風提供了鑑照。

以〈豎琴與長笛〉告別詩壇

去了美國的方思，儘管一九八〇年在台灣有他的《方思詩集》（洪範書店）出版，他在台灣的三本詩集《時間》、《夜》、《豎琴與長笛》收錄在內，但戰後台灣詩的系譜並未公允反映在詩史的敘述。我們的詩壇，新人輩出，但戰後初期在台灣登場的前行代，或許大多已被遺忘。

〈**港**〉

風向針定定的指向東南
雲陰沉沉的壓著大桅小檣
黑黝黝的銅像仍然冷冷地站著
一隻小鳥飛起
投入茫茫的一片灰白
這就是生命的訊息

突然遠處傳來一聲鐘響
不知哪一條船又要出港

以港口景象，風向針、大桅小檣、銅像、小鳥，引喻生命的訊息。以鐘聲引喻一條船要出港，交織出一個場域的風情。方思的詩情反映著某種心境，投寄在風景中。一九五〇年代，《現代詩》的詩人留下來的一首詩，從港口的景象，捕捉了心境，也從港口的動向捕捉了人間的風景。

方思作為《現代詩》成員，並為「現代派」重要發起人之一，以〈豎琴與長笛〉告別了詩壇，是一九五〇年代的詩相當重要的存在。他曾譯里爾克《時間之詩》，社會學的背景和在歐洲留學的經歷，讓他的詩視野有特殊面向。他的詩與諸多《現代詩》的詩人一樣，較親炙歐美，而不是《藍星》的繼承傳統中國詩詞調性，被視為是主知與主情的相對。在一九五〇年代的台灣詩壇，橫的移植和縱的繼承都顯示隨中華民國政府從中國來台，在亡於中華人民共和國之後，在台灣這個寄居之島的某種詩運動，發抒、寄寓的是流亡心境和風景。從《現代詩》和《藍星》的對比到紀弦的《現代詩》停刊後，接收《現代詩》能量的《創世紀》和《藍星》的對峙，《創世紀》曾經以標榜超現實主義的更前衛動向形成聒噪的詩壇，卻也讓台灣的新詩和現代詩故步自封，成為高蹈的堡壘。

方思去美國之後，一樣在大學的圖書館任職，但之後在台灣的詩壇沒有作品發表，沒有活動，成為詩史的一個沉默的角色。方莘顯示了對方思的私儀，方旗也顯示了對方思、方莘的私儀，但都在去了美國之後，從台灣的現代詩壇退出。他的一首詩〈黑色〉，彷彿自己的鑑照，在黑色水中的影子像凝成的一顆黑水晶，在夜色中發著冷冽的光。

〈黑色〉

在黑色的蔭影中看自己的影子

蔭影輕擺於黑色的水中
這樣看自己的影子是足夠的清楚
這是好的：我是千年熾火凝成的一顆黑水晶

——原載二〇一九年二月《文訊》第四〇〇期

從巴布・狄倫談到余光中

美國吟遊詩人巴布・狄倫（Bob Dylan，一九四一～）獲二〇一六年諾貝爾文學獎的消息傳來後，余光中（一九二八～二〇一七）在接受新聞媒體訪問時，談到他「當年因為在美國時對自己的身分發生了感慨跟懷疑，正好聽見狄倫的歌，非常感動，他的聲音裡有一種苦澀」；那時嬉皮文化風行，反戰聲浪盛起，他的苦澀，大概也跟越戰有關。身為詩人，余光中說：「歌詞當然也得視為詩的一種。」

諾貝爾文學獎揭曉當晚，我也接受《自由時報》記者的訪問，本來，想提起余光中從豆腐干體的格律局限（《舟子的悲歌》、《藍色的羽毛》）、宋詞體、騈文性的新古典（《蓮的聯想》），到了《敲打樂》、《在冷戰的年代》，可以說是大突破。這跟他自述的一九六〇年代美國經歷有關。余光中的詩，一九六〇年代中後是一個特別的時期，一個高峰，一種不政治世故的坦然。比起鄉土文學論戰之初〈狼來了〉的一聲口哨，或後來的中國鄉愁情意結，置之戰後台灣詩史也有光彩。

一九六〇年代的嬉皮運動，跟反美國介入越戰有關，也是「六八革命」全球學生運動的一環。戰後嬰兒潮世代在那時進入大學就讀，正是青春年華，對戰後的世界政治發展，陷於美蘇對抗的冷戰氛圍以及右傾性資本主義化社會不滿，引發了對體制的對抗。在台灣的青年，受限於戒嚴統治的限制，是不在國際現場的。但在美國或歐洲諸國，則無法置身度外。台灣的「六八革命」視野是延遲到解嚴後才開啟的，大約晚了二十年。甚至對於越戰，台灣也幾乎沒有觀照的進步視野。倒是，洛夫以當時中華民國駐越大使館的軍職人員身分，在《西貢詩抄》留下了一些見證，這些詩在他的之前、之後作品相較之下，也相當稀罕。在異國，反而能真實地凝視現實？

借鏡當代西方歌謠

《在冷戰的年代》和《敲打樂》的作品，余光中擺脫了典律的拘束，也從古典情境解放開來。他向當代歌謠，向他心儀的巴布．狄倫，也向費靈格蒂（L. Ferlinghetti，一九一九～）借鏡——他是敲打的一代美國詩人，舊金山 City Lights 書店創辦人；金斯堡（A. Ginsberg，一九二三～一九九六）亦是他浸染的詩人。隨國民黨中國流亡來台，在國家的焦慮中，余光中的這兩本詩集有些作品，相當程度留下了不盡官方觀點，或甚至非官方觀點的詩見證。

一九六九年四月號的《笠》詩刊正好是第五年第三十期，推薦五年來發表在台灣文學刊物的最佳創作，共六十一首。其中，余光中的四首詩入榜，包括〈史前魚〉、〈雙人床〉、〈在冷戰的年代〉、〈火浴〉。無獨有偶，洛夫的〈西貢詩抄〉等四首也是推薦作品。那時期，余光中和洛夫都有作品在《笠》發表。那幾期的《笠》專欄「笠下影」，也介紹了洛夫、余光中的詩。

……

走下新生南路，在冷戰的年代
他想起，清清冷冷的公寓
一張雙人舊床在等他回去
「月亮真好，我要你送我回去」
想起如何，先人的墓在大陸
妻的墓在島上，么么和婷婷
都走了，只剩下他一人
三代分三個，不，四個世界
長城萬里，孤蓬萬里，月亮真好，他說
一面走下新生南路，在冷戰的年代

這是五十三行詩的最末十行。〈在冷戰的年代〉也是戒嚴時代。在台灣的中華民國，國策是：反共，反攻大陸，解救同胞。但余光中這首詩，顯然有流亡者的感嘆，比國策的視野真實。從想起蘆溝橋事件、中日戰爭，想起抗戰時在中國的流亡歲月，他以一個葬在觀音山的女人，以淡水河兩岸的生死分隔描述一個家庭，在清明節以天上的七七和地上的七七（這是蘆溝橋事件）喻示，並延伸到先人的墓在大陸，以及婷婷和么么兩個孩子在國外，一個流亡者的心境。

〈雙人床〉是余光中一首「詮釋了愛情在時代中的新意義」（《笠》「五年詩選」推薦語）的詩。鄉土文學論戰之後，因余光中〈狼來了〉風波，引起筆伐。有人以衛道的眼光批評這首詩。其實，反戰的意味更是這首詩的意味。

讓戰爭在雙人床外進行
躺在你長長的斜坡上
聽流彈，像一把呼嘯的螢火
在你的，我的頭頂竄過
……
讓夜和死亡在黑的邊境
發動永恆第一千次圍城
惟我們循螺紋急降，天國在下
捲入你四肢美麗的漩渦

以床笫性愛來諷喻、對抗戰爭，這在戒嚴時期遍行的戰鬥文藝國策是一種違逆。這個時候的余光中，比起一些舉現代主義旗幟，喊起現實主義口號，卻寫了反共抗俄或反攻大陸的戰鬥詩、參加國軍文藝金像獎詩歌比賽的詩人們，真摯多了。

反思中國

〈敲打樂〉也是余光中在美國留學的一九六〇年代作品，以美國國殤日這一紀念陣亡將士之日：五月三十日為引，就像敲打的一代詩人或巴布・狄倫抗議風，既嘲諷美國，更直指中國。詩中不斷出現對中國的感觸，大約一百五十三行，就有這些讓一些中國唯是論者感到不悅的句子：

……
中國啊中國
何時我們才停止爭吵？
……
中國中國你是條辮子

商標一樣你吊在背後
……
中國中國你剪不斷也剃不掉
你永遠哽在這裡你是不治的胃病
——蘆溝橋那年曾幻想它已痊癒
中國中國你跟我開的玩笑不算小
你是一個問題，懸在中國通的雪茄煙霧裡
他們說你已經喪失貞操服過量的安眠藥說你不名譽
被人遺棄被人出賣侮辱被人強姦輪姦
中國啊中國你逼我發狂
……
在中國（你問我陰曆是幾號
我怎麼知道？）應該是清明過了在等端午
整肅了屈原，噫，三閭大夫，三閭大夫
我們有流放詩人的最早紀錄
……
在中國，該是呼吸沉重的清明或者不清明

蝸跡燐燐
菌子們圍著石碑要考證些什麼
　　考證些什麼
　考證些什麼
一些齊人在墓間乞食著剩肴
任雷殛任電鞭也鞭不出孤魂的一聲啼喊
在黃梅雨，在黃梅雨的月分
中國中國你令我傷心
……
中國中國你哽在我喉間，難以下嚥
東方式的悲觀
……
中國中國你令我早衰
……
中國是我我是中國
每一次國恥留一塊掌印我的顏面無完膚
中國中國你是一場慚愧的病，纏綿三十八年

該為你羞恥？自豪？我不能決定
我知道你仍是處女雖然你已被強姦過千次
中國中國你令我昏迷
　　何時
才停止無盡的爭吵，我們
關於我的怯懦，你的貞操？

如此揮灑自如、游刃有餘的筆鋒，詩中「敲打樂巴布．狄倫的旋律中側向金斯堡和費靈格蒂」，更見他對敲打的一代美國詩人的心儀。這些美國詩人在當時，反越戰，批評、抗議自己的國家，讓余光中也對自己一向忠心鍾愛的中國發起牢騷，他在詩中「降下艾略特／升起惠特曼」的貶褒，更是把學院氣和民族風的高下易位，對美國詩那種從英式典律轉向美式風土的詩史走向有所體會。余光中詩風的自我解放，可見形跡。

從中國古樂到美國搖滾，這種敲打，在白話中文甚至口語，都成為余光中詩語的風格。他的音樂性是美國式的，不像痖弦的中國式歌謠個性，聽起來像需要胡琴伴奏的那種韻味。豪邁的節奏，需要吉他、電吉他、鼓，或說打擊樂團什麼的。一九六〇年代的台灣，這樣的詩不盡符合戰鬥文藝的國策。反正，他不是軍中詩人，學院仍然有護身符效果的。看到余光中說巴布．狄倫早就該獲諾貝爾文學獎了的談話，世界文壇或許不盡如是觀，但他在一九六〇年代的《敲打樂》、《在冷戰的年代》一些詩，再次讓人回想到那個時代他的進步性。不免也對他並沒有站在這個基礎繼續發聲有所感慨。鄉土文學論戰的公案是揮不去的烏雲罩頂，聯結中華民國和中華人民共和國的中國，工農兵文學也不再是狼了。遊走在自由化的台灣這頭和極權主義的中國，不知道有沒有鄉愁。巴布·狄倫還是巴布·狄倫，但余光中已不盡是當年的余光中了。

——原載二〇一六年十二月《文訊》第三七四期

從新民族詩型，超現實主義到純粹經驗

——洛夫，漂流之木的形色演變

洛夫（一九二八~二〇一八）是被一些論者稱為「詩魔」的詩人，他似乎也接受這樣的稱謂，視為榮光。他既有獨行之姿，也有結夥之行，常和瘂弦、張默連結在一起，成為《創世紀》的代表詩人。自一九五〇年代起，就在戰後台灣的中國現代詩壇（現在已以台灣為名）奮力墾拓。從《現代詩》與《藍星》並立稱雄的時代，《創世紀》就伺機而起，在高雄左營的基地，以及後來在台北的詩陣地發展自己。

瘂弦以一本《深淵》坐擁詩之盛名；張默在編輯事務的投注以及耕耘不斷維繫了《創世紀》的出刊；洛夫則頻以一舉手成迸裂太陽的意象顯示其魔性的形影。三人不盡相同，互補的性格讓《創世紀》接收了「現代派」的能量，越過《現代詩》而與《藍星》並稱，後來並成為「現代詩」的象徵性、代表性聚落，被某些研究者拿來與「本土詩學」的《笠》對稱並置。

我和戰後世代的許多台灣詩人一樣，也是看洛夫詩長大的。一九六〇年代中期，我開始在詩刊投稿，發表作品，《創世紀》就是登場園地。那時候，《創世紀》似已越過《現代詩》、《藍星》，但謗亦隨之。現代詩難懂、晦澀等等被詬之病也落在《創世紀》頭上。洛夫比起瘂弦、張默更是眾矢之的。他驍勇善戰，捍衛自己的詩魔之性也強。在他詩的長跑之路，創作和論述均豐，既征戰又辯護，頭角崢嶸。

招魂祭事件

一九七一年，初生之犢的我，在以「傅敏」為筆名的時期，不畏虎地在《笠》第四十三期（一九七一年六月號）發表了一篇〈招魂祭——從所謂的「一九七〇詩選」談洛夫的詩之認識〉的評論文章，掀起軒然大波，引發《水星》詩刊的一連串回批。甚至演變成攻擊《笠》是日本殖民地，導致《笠》以台灣被日本殖民是因為大清帝國割讓出賣，不容以此在戒嚴時期白色恐怖時代戴這種恐怖的政治帽子回應，而後幸得平息落幕。洛夫在那時期，評論文章有許多氣話，不只牽連了《笠》，也扯上年輕世代潑了許多冷水。其實，〈招魂祭〉只是我獨力為文，並非《笠》的有計畫作為。以一人之議而全面樹敵，顯示在台灣詩社與詩社之間的朋黨性，忽略了詩人本有的個人走向。

洛夫是一九二〇世代詩人。在台灣，這一世代詩人分別來自中國或出生於台灣，成長於中國語或日本語的不同文化條件。二戰後，台灣成為「中華民國」統治之地，中國語成為另一種國語文。成長於中國語的中國來台一九二〇世代詩人，比起從日本語轉接為中國語的台灣出生一九二〇世代詩人，擁有較優勢的語言條件。周夢蝶、羊令野、蓉子、洛夫、向明、余光中、羅門、管管……這一群組，相對於詹冰、陳秀喜、陳千武、林亨泰、杜潘芳格、錦連……這一群組，正是陳千武所說戰後台灣現代詩傳統的兩種球根。《現代詩》、《藍星》和《創世紀》屬於前一群組；《笠》則是後一群組。但林亨泰以後一群組曾為《現代詩》提供助力，也加盟過《創世紀》。張默和瘂弦是一九三〇世代；白萩也是一九三〇世代，都在他們前一世代，以《現代詩》、《藍星》、《創世紀》、《笠》的陣營耕耘過。

洛夫與瘂弦、張默在高雄左營創刊《創世紀》，從詩刊的命名就看出與《藍星》的差異性格。而《現代詩》的現代則是共同屬性的名稱，一如紀弦號召的「現代派」——在當時有前衛性格。《創世紀》以新民族詩型與《現代詩》、《藍星》互別苗頭，立基的是某種意味革新的中國性。在《現代詩》、《藍星》和《創世紀》都屬於所謂的「中國現代詩」的時代，《創世紀》以新民族詩型為主張，除了「新」還有「民族」，仍然有差別意識。既不能不創新，又不願失去民族特性，新民族詩型本來可以發展出一種詩方向。以現在韓國享有盛名，並多次獲諾貝爾文學獎提名的高銀（一九三三～）為例，他的作品就具有韓國的新民族詩型特色。曾出家為僧，後來在韓國民主化的市民運動積極參與，坐過政治獄，作品反映朝鮮民族分斷顯示政治和文化情境的高銀，不只成為韓國的國民詩人，也受到世界矚目。根本的關鍵在於高銀的新民族詩型是一種本質的追求，而不是為了表達差別性的口號。高銀並未以新民族詩型自喻，但他的詩具有朝鮮民族風格，含有傳統心性。

洛夫在《創世紀》的新民族詩型時期，有詩集《靈河》，抒情意味濃厚。新民族詩型在某種程度上，被認為附和了當時國策文學的某些主張，以民族的傳統繼承，沖淡當時橫的移植的詩學主張。戒嚴長時期，黨政軍特的文藝教條形成的指導性或明或暗伸入民間的文學運動，包括《現代詩》、《藍星》、《創世紀》的詩人們在各自的職場或參與的詩活動，國策文學的有形或無形魔掌籠罩，在文學與政治之間：有文學呼應政治者；有政治指導文學者；也有游走於文學與政治者。新民族詩型並未為《創世紀》取得詩壇的特殊位置，這樣的主張後來隨意被自己拋棄，殊為可惜。

從新民族到超現實而純粹經驗

《創世紀》走向超現實主義是因應現代主義詩風潮已成主流，「現代派」在《現代詩》停刊後，許多在《現代詩》活動的詩人轉而參與《創世紀》的一段演變。《創世紀》原班人馬加上《現代詩》以及許多加盟「現代派」的詩人聚集，逐漸使《創世紀》能與《藍星》對峙，並在《藍星》式微後，發展成詩壇霸權。洛夫以《石室之死亡》扛起超現實主義大旗，《六十年代詩選》、《七十年代詩選》、《八十年代詩選》……都在年代初，甚至提早即終結了年代，引起許多非議。但《創世紀》的洛夫、瘂弦、張默以詩史詮釋者、詩壇指導者的態勢形成，執意行事。《創世紀》當年的霸氣，可想而知。

當年，《石室之死亡》組詩幾乎等同於洛夫，超現實主義儼然《創世紀》的大旗，《創世紀》儼然詩壇的代表。對於有些批評家認為《石室之死亡》詩中的張力只是一種文字的遊戲，葉維廉在〈洛夫論〉說，那是完全沒有了解詩人在文化上的承擔，以「五十年代的政治氣壓，以洛夫的情況而言，更是複雜。他身為軍人，對政府給他的照顧他當有所感激，但作為一個詩人，他又不得不為當時他那分『憂結』存真。這在情緒上就是一種『張力』，反映在文學上自然也是一種『張力』。」一般以洛夫的《石室之死亡》是八二三金門砲戰的體驗，就像葉笛以《火和海》組詩作為見證。葉維廉也說「作為一首詩，《石室之死亡》是不夠完整的」，並提出洛夫在後來的詩集《無岸之河》（一九六九）中把《石室之死亡》詩中若干章節分題重印，讓原來的其中組詩各自發展完整意念。從長詩回到抒情短詩，也是洛夫走過《石室之死亡》的新詩法，但後來洛夫在相隔久遠，又有《漂木》的長詩，其不囿於短詩的企圖心仍在。

其實，超現實主義和新民族詩型一樣，都可能發展出詩人的好作品。問題不在超現實主義和新民族詩型的名稱。新民族詩型應是一種從傳統民族風格萃取出來的詩情與詩想，前述韓國詩人高銀就是一個例子，他甚至有《萬人譜》長卷，自一九八六年迄今，已達數十卷。超現實主義作為詩主張，是超越現實的現實而非超越現實的非現實，也在世界詩史留下形跡。法國詩人保羅．艾呂雅（Paul Eluard，一八九五～一九五二）以超現實主義詩人留下的抵抗詩，在納粹德國占領巴黎時參與地下軍的見證，反映了超現實主義的積極面。

不是超現實主義的問題，而是在戒嚴時期跟隨中國國民黨和中華民國一起流亡到台灣，有某種被綁架在黨國或附隨在黨國的漂流感和疏離感，既不能凝視台灣這塊土地的現實與真實，又不能吟唱離鄉背井之苦與亡國之痛，甚至必須因應黨國文藝政策。洛夫，既有《石室之死亡》，也有參加國軍文藝金像獎的詩作，在戰鬥文藝榜上有名。前述葉維廉以洛夫「他身為軍人，對政府給他的照顧他當有所感激」就是一種錯誤的包袱。超現實主義應該可以成為詩人吟詠流亡之痛的翅膀，戰後的台灣現代詩，客觀上應該要有這樣的視野。這是曾為在台灣的中國詩人的台灣詩人的特殊存在。

《笠》曾在第三十期，推薦「五年詩選」，選出洛夫「西貢之歌」，包括〈夜市〉、〈政變之後〉、〈沙包刑場〉。這些詩出自《石室之死亡》後的《外外集》，是洛夫在駐越南大使館軍職期間，經歷越戰的作品。在異地異國，似乎更能夠以詩面對現實，更真實地吐露心聲。但，這一系列作品只是洛夫精神史的斷片。從西貢回到台灣的洛夫，走過五〇年代的新民族詩型到超現實主義階段，短暫的在六〇年代末一系列西貢詩抄後，逐漸走向葉維廉揭示的純粹經驗，回到古典詩冊的心境風景，〈金龍禪寺〉這首詩標示著一九七〇年以後他的禪定風景，現實的凝視畢竟不是既漂流於台灣、又某種程度附著於黨國化政府的洛夫所長。禪定的心境與風景彷佛新民族詩型的另一種版本，走向純粹經驗這種風格是有跡可循的。

洛夫從新民族詩型、超現實主義，走向純粹經驗論的詩人之路，《石室之死亡》和《漂木》彰顯他詩之雄心。以四十多之齡即在純粹經驗論的詩路繼續漂流之木的情境追索，不能定置在台灣，而選擇移民加拿大他宣稱的「流亡」。這種心路歷程是他們從少小隨國民黨中國來台的某種無奈，黨國是一種牽扯和束縛，或許也是一種困境。

和一九二〇世代台灣本地出生詩人跨越語言的困頓，以及二二八事件的傷痛，這世代中國來台詩人群也有他們的歷史愴痛。戰後台灣詩的歷史視野，也許可以從兩種不同球根開出的花朵加以檢視，用同情的理解去觀照根源不同的詩人心境。正是這種不同的球根和不同的心境形塑了後續世代的台灣詩人，在台灣出生的繼起者在前行代來源不同的基礎上，展開新的道路。新民族詩型、超現實主義、純粹經驗論，都會被融化在後世代詩人之路，轉化成台灣的詩性風景。

——原載二〇一七年三月《文訊》第三七七期

現實世界的夢騎士，藝術塔樓的流浪人

——在戰爭、都市、自然的概念持筆狂舞的羅門

《笠》第三十九期（一九七〇年十月號），推出依據《笠》在第七年年會決議的「名詩選評」，依序從第三十九期羅門（一九二八～二〇一七）的〈麥堅利堡〉，第四十期季紅的〈鷺鷥〉、第四十一期紀弦的〈狼王獨步〉、第四十二期余光中的〈雙人床〉……進行了一段時間的名詩探索。從創刊以來，《笠》的作品合評從當期選刊作品，以略去作者的方式在編輯過程進行討論，是有話題性，但有些作者會不適應；加上作者匿名，參與合評者不留情面，難免擦槍走火得罪人。但相對於許多互相吹捧，逕自相互取暖，未嘗不是一種檢視或說可以被期待的批評方式。既是名詩選評，當然和選稿時的評論不一樣，選定作品具有一定的分量。

〈麥堅利堡〉登上「名詩選評」的第一梯次，分別有中部在彰化錦連宅，桓夫（陳千武）、錦連、詹冰、岩上、陳明台、傅敏（李敏勇）出席；南部則在台南白萩宅，白萩、林宗源、陳鴻森、凱若、鄭烱明與會。北部合評與中部、南部同日舉行，吳瀛濤、陳秀喜、黃騰輝、李魁賢、林煥彰、拾虹、趙天儀出席，但紀錄人拾虹未整理完成，未發表。合評紀錄刊出後，羅門反應激烈。比起季紅、紀弦、余光中諸氏，顯示了特別不能接受的態度。後來，趙天儀在《笠》第四十四期（一九七一年八月號），以〈裸體的國王〉長文回應，台灣現代詩壇不

見得習慣被批評，當然不只這一個例子，在宛若象牙塔的圈子裡，批評動輒得咎，並不是好現象。習慣在同人誌相濡以沫，與社會沒有真正對話，形成這種現象。

〈麥堅利堡〉

——超過偉大的是人類對偉大已感到茫然

戰爭坐在此哭誰
它的笑聲　曾使七萬個靈魂陷落在比睡眠還深的地帶
太陽已冷　星月已冷　太平洋的浪被炮火煮開也冷了
史密斯　威廉斯　煙花節光榮伸不出手來接你們回家
你們的名字運回故鄉　比入冬的海水還要冷
在死亡的喧噪裡　你們無救　上帝又能說什麼

血已把偉大的紀念沖洗了出來
戰事都哭了　偉大的它為什麼不笑
（本節略七行）

麥堅利堡　鳥都不叫了　樹葉也怕動
凡是聲音都會使這裡的靜默擊出血來
空間與空間絕緣　時間逃離鐘錶
（……略三行）
而史密斯　威廉斯　你們是不來也不去了

靜止如取下擺心的錶面　看不清歲月的臉
在日光的夜裡易滅的晚上
你們的盲睛不分季節地睡著
睡醒了一個死不透的世界
睡熟了麥堅利堡綠得格外憂鬱的草場

死神將聖品擠滿在嘶喊的大理石上
給升滿的星條旗看　給不朽看　給雲看
麥堅利堡是浪花已塑成碑林的陸上太平洋
（……略五行）
太平洋陰森的海底是沒有門的

〈麥堅利堡〉是一首五節三十五行詩。《笠》的選評，是以當時被視為名詩的作品加以探討；羅門在他與蓉子共同主編的一九七一年《藍星》年刊，以洋洋灑灑長文〈從批評過程中看讀者、批評者與作者〉拋出反批評。趙天儀的〈裸體的國王〉則是回應，文中「羅門的空架構何在呢？」，列舉了（一）正確知識的貧乏，（二）推論有效的缺乏，（三）訴諸權威的濫用，（四）杜撰詞彙的氾濫，（五）互相標榜的空虛，（六）名利觀念的中毒，（七）自我中心的幻想；對羅門的批評十分強烈。當時趙天儀任教於台大哲學系，論說的邏輯相當嚴謹。趙天儀會有如此反應，除了他作為一位《笠》的中堅分子之外，不無對羅門挑出他做為對象指謫所做的反控，也是對《笠》以名詩作為選評作品的某種立場表白。紀弦、季紅、余光中的名詩選評都沒有火花，也顯示相關詩人的態度有別。

為自己的名聲辯護

看看《笠》第三十九期合評中的摘要發言，羅門的激烈反應有必要嗎？

錦連：這首詩按說事的順序進行，並無難懂的地方，技巧上也沒有特別之處，可說並不太差。如果要說是世界一流作品，有盜名之嫌。充其量是水準以上的詩，談不上傑出，更遑論偉大。

桓夫：這首詩，如果以一個普通觀光客的身分來寫，倒還差強人意。如以詩人的身分和立場來說，是不夠分量的，太平凡了。詩人對戰爭、對陣亡墓地的感覺應該更特殊。

傅敏：這首詩中，有羅門喜愛運用的字眼，如「偉大」、「人類」、「戰爭」、「太陽」、「上帝」、「空間」、「死神」等等……再則，這首詩中，「哭與笑」、「喧噪與靜默」、「黑與白」等等對比的運用，顯得對氣氛的營造頗為用心。

白萩：這次所以選〈麥堅利堡〉這首詩的原因是，因為這首詩在目前有二種不同評價。一是作者自認為和T. S.艾略特的〈荒地〉一樣偉大，一種是《葡萄園》的評語，把它說得半文不值……

關於今天的批評，我認為要採取「認詩不認人」的態度來談，這個含義有三：

一、不管羅門寫過多少好詩、壞詩，都不能影響這首詩的客觀價值。

二、不管羅門的筆多麼凶，也不能影響我們冷靜的批評立場。

三、一首詩的價值僅由該詩本身來決定，我們對該詩的批判，係針對該詩所表現的意象、手法、語言……等而加以討論，其他一概拉不上關係。

> 另外要說明一點，由於所選的對象是名詩，因此批評的標準要嚴格，既使雞蛋裡挑骨頭也沒有關係……
>
> ……
>
> 羅門是想運用交錯的意識流手法來寫，可惜未善加利用在時間、空間所產生的衝突與對比，並且連結其相似性，以致整首詩秩序混亂，無法凝聚。若說〈麥堅利堡〉和〈荒地〉一樣偉大，那是粉膏塗得太厚。據我瞭解，此詩無論在語言、技巧、形象、主題、規模，都比不上〈荒地〉……我想此詩不能說是一首詩作，最多只能說是羅門作品中較好的一首。

一九七〇年，《笠》的「名詩選評」談論羅門的詩〈麥堅利堡〉——這是菲律賓馬尼拉的一處二戰美國軍人陣亡公墓，成為羅門的作品，有一位台灣詩人的反戰思維沉浸其中，但思維與表現，亦即 poetry 到 poem 之間，存在著對詩人的挑戰課題，批評者從 poem，除了觀照 poem，還探討 poetry。詩之為詩，有更深信的課題。

我第一次見到羅門是在這次談論他作品之前。一九七〇年初，難得來台北的我，有一次在西門町的「作家咖啡屋」聽到他高談闊論。我在那次的中部合評開場發言，就提到羅門在那裡說過：「我的詩法如果將主題比喻為一座島，我並非採取單線對要害進擊的方式，而是從四面八方發揮火力。」在我印象裡，羅門是一位視詩如命的詩人。

因為視詩如命，羅門勤奮創作也兼及評論。他相當在意外界對他的批評，常為維護自己的名聲，力戰到底。這或許與他人生經歷有關。出生中國海南島的他，一九四二年進入空軍幼校就讀，一九四八年就讀杭州筧橋的空軍飛行官校，一九四九年隨軍撤退到台灣。因身體因素，他並未從空軍飛行官校畢業，沒有成為飛行軍官，而轉至民航局服務，後來並被派往美國的民航中心研習，成為民航局的高級技術員及業務發展研究員。

人生賭注在詩人之途

沒有成為軍人的他，成為詩人。一九五四年，在《現代詩》發表第一首詩，但在一九五五年加入「藍星詩社」。「藍星詩社」與「創世紀詩社」的初期同仁，有軍職經歷的大多是空軍與陸軍、海軍之別。譬如，羅門與向明同樣是空軍，但並非戰鬥人員，而是技術人員；而洛夫、瘂弦、張默、管管……大多是海軍或陸軍兵種，有些也多為政戰。少小時期，跨海來台的經歷有時代的苦悶與困境，在異地求生的羅門走上詩人之途，整個人生賭注在詩人這一不像行業的行業。

〈麥堅利堡〉有悼念和反戰的意味，羅門似乎不像一些軍人詩人，多少在戰鬥文藝這個國策文學熱衷表態過，或留下一些自己也不承認的作品。他隨同文藝團體旅遊菲律賓，在馬尼拉看到麥堅利堡這個陣亡美軍公墓，留下〈麥堅利堡〉，並且在一九六七年，以此詩獲頒菲律賓馬可仕金牌獎章。反戰詩或戰爭詩也成為一般評論羅門作品的一種視野。曾有軍人身分、曾有軍人經歷，但戰爭的傷亡在他視野裡是灰暗的，一些悲劇的形象也是他作品呈現的視野。

羅門的第一本詩集《曙光》一九五八年在「藍星詩社」出版，一九六〇年代接續出版了《第九日的底流》、《死亡之塔》兩本詩集。分別收錄一九五四年到一九六七年作品。

注視維納斯石膏像的臉，
我刻劃妳的形象，
傾聽蕭邦的鋼琴詩我跟蹤妳的步音，
天上亮著星月，地上明著燈火，
……
在夢裡，一支金箭射開黎明的院門，
妳倚在天庭的白榕樹下搖落光明於地上，
……

——〈曙光〉

都市詩視野

青春的抒情洋溢著浪漫情懷，經由〈曙光〉的呈現。他與詩人蓉子成為夫妻，同在詩之路途尋覓，愛情也滋潤他走在詩之路途的人生。兩人在「藍星詩社」曾一起主編《藍星年刊》，頗有全力以赴的意味。〈麥堅利堡〉是收錄在《第九日的底流》的作品，在這本詩集裡，也收錄了〈都市之死〉，羅門的都市詩從此也形成他的詩探索視野。

〈都市之死〉（節錄）

——都市你造起來的
快要高過上帝的天國了

禮拜日　人們經過六天逃亡回來
心靈之屋　經牧師打掃過後
次日　又去聞女人肌膚上的玫瑰香
去看銀行窗口蹲著七個太陽
坐著　站著　走著

　　都似在風浪裡
煙草撐住日子　酒液浮起歲月
伊甸園是從不設門的
在尼龍墊上　榻榻米上　文明是那條脫下的花腰帶
美麗的獸　便野成裸開的荒野
到了明天　再回到衣服裡去
　　回到修飾的毛髮與嘴臉裡去

而腰下世界　總是自靜夜升起的一輪月
　　　　　一光潔的象牙櫃台
　　　　唯有幻滅能兌換希望

都市　掛在你頸項間終日喧叫的十字街
那神是不信神的　那神較海還不安
教堂的尖頂　吸進滿天寧靜的藍
　　卻注射不入你玫瑰色的血管
十字架便只好用來閃爍那半露的胸脯

那半露的胸脯　裸如月光散步的方場
聳立著埃爾佛的鐵塔
守著巴黎的夜色　守著霧　守著用腰祈禱的天國

一九六〇年代的台灣，都市化並不那麼明顯。但都市這個概念，相對於鄉村，相對於田園，顯然在羅門的詩裡形成某種發展的焦慮。都市化與工業化是相對於鄉村性、農業性的一種社會現象，存在著演變、演化和進階。田園主義在詩文學裡成為某種情境，喻示著某種抒情性的美好，而都市的競爭、混亂、不安則尖銳地形成對立面的發展。在台灣，都市詩是晚於一九八〇年代才逐漸出現，不像先進發達國家的歐美、亞洲的日本，在一九六〇年代末也有田村隆一等詩人征戰後初的《荒地》——一種視戰敗的國土如廢墟，引喻自T. S.艾略特文明崩壞的觀照——走向《都市》凝視和省察的演變。羅門或許是一九六〇年代在美國奧克拉荷馬州民航中心研習的美國經驗，或來自閱讀的知識觀照。他既對戰爭有所省思，對都市也有所觀照。

對於羅門來說，都市意味著人類對於上帝的不敬。他敘述了信仰相關的課題，引喻了都市人工性、物質主義的課題，對於高塔高樓化的建築構造以及肉體與心靈的失衡，以死亡言喻，形成某種批評。

觀念論的開展

〈死亡之塔—2〉是羅門因覃子豪之死而寫的一首詩，從追悼發展到對死亡的省察、凝思。塔被羅門視為死亡的象徵，聖經中的巴別塔（Tower of Babel）意涵其中。塔是高聳的象徵，指向天，喻示著憧憬，也是人類之所能以及力量的呈現，但卻又喻示某種終極追求的終結。羅門引喻德語詩人里爾克「死亡是生命的成熟」，自己也說出「生命最大的迴響，是碰上死亡才響的。」一站在〈死亡之塔—2〉羅門說他更看清了生命。

〈死亡之塔—2〉是一首大的八十行的詩，延續〈死亡之塔—1〉洋洋灑灑的羅門式風格，幾乎是論述的推演，並有洋洋灑灑的前言。他引述許多基督教意味的字眼：主啊、彌撒日、聖餐、天國、上帝、耶穌、十字架……，一些藝術概念也出現其中：法蘭西詩集、悲多芬、史芬克獅半身像……如同羅門的一些詩，對詩題的引述也像是篇章。這首詩，羅門自己多次更動行句文字，有更新推敲之意。這裡採用的是《七十年代詩選》的版本。

……

主啊　彌撒日　人們為何在聖餐裡聞及那焦味
當焚屍爐較郵筒還穩妥

一封信在火途上快遞
　我們便清楚地讀到　主啊
　　你在用骨灰修補天國

……

逃在耶穌也累得要按摩的夜裡
　你是一不吹笛也不帶杖的盲者　探訪著睡眠
法蘭西詩集堆砌紅磚屋的日子安息了
悲多芬怒目與史芬克獅半身像叱咤的日子安息了
在杯底打撈宴會屍體的日子安息了
在修女與孕婦對視裡逃亡的日子安息了

……

——〈死亡之塔—2〉

羅門作為「藍星詩社」的一員，他從抒情跳脫到觀念論的開展，除了與蓉子在他們家居營造的「燈屋」，成為一對營造詩歌的詩人夫婦，展現了他視詩如命的詩藝人生。他與「藍星」諸位詩人的風格，各自形成。但他戮力經營自己，顯示某種英雄主義。覃子豪去世後，「藍星」的周夢蝶遁入逸出，余光中吟弄花月鄉土故國，向明咀嚼生活，蓉子的抒情吟詠，但見羅門夸夸其談，顯現他在藝術的狂熱一面。他也多方與五月、東方等現代藝術畫派的藝術家往來，常出現在畫展場合。每次遇見他，都會被要求聽取他的藝術觀和論點，彷彿有說不盡的內心話要分享；有時候，在詩歌活動的場合，他總是不滿意沒有被安排上台說話，投入詩歌和藝術的寂寞，可以想見，何況對一個視詩如命的人。

不只對《創世紀》的一些人，他有意見，逮到人就要人分享他的意見；他和向明同為「藍星詩社」成員，年歲也相當，而且同為空軍出身，也公開鬧過彆扭。其實，向明在現實生活裡捕捉詩情，羅門在觀念世界演繹思想，走的是不一樣的路。向明以小喻大，從一粒沙看天空，從一朵花看世界；而羅門則搭著天梯想要攀登世界，專心一意，除了詩無他的羅門，不盡然能體會向明在柴米油鹽的生活裡，點點滴滴尋覓著詩的心。偉大是羅門索求的視野，細微是向明的觀照，觀念論的羅門和生活者的向明，一樣是「藍星」成員，但在過了四十歲以後，詩人都會在個人的場域承擔自己。

從「藍星詩社」的《曙光》、《第九日的底流》、《死亡之塔》之後，洪範書店的《羅門詩選》呈現了他詩作的整體形貌。他在文史哲出版社推出的《羅門創作大系》：卷一、戰爭詩，卷二、自然詩，卷三、都市詩，卷四、自我、時空、死亡詩，卷五、素描與抒情詩，卷六、題外詩；是自己把自己的詩搭建了呈現的舞台。除了詩創作，還有卷七、麥堅利堡特輯，卷八、羅門論文集，卷九、論視覺藝術，卷十、燈屋，生活影像。他對自己作品的自負，對自己作品極盡說明之能事，在詩人之中無出其右。從：一、透過戰爭的苦難，追蹤人的生命；

二、透過都市文明與性，探討人生；三、表現對死亡與時空的默想；四、透過自我存在的默想，表現生命感；五、對大自然的觀照；六、其他存在情境的探討。羅門就是羅門，不忘了為自己蓋棺論定，留給後人鑑照。

在封閉塔裡的詩教主

翻閱瘂弦、張默主編，一九六一年大業書店出版的《六十年代詩選》，羅門和蓉子都未被選入，但大業書店的《七十年代詩選》在一九六九年即由張默、洛夫、瘂弦主編出版，羅門、蓉子都被選入。《創世紀》怎樣看羅門、蓉子，其實顯示了異於「藍星」的觀點。同樣在一九四九年，以軍人身分來台，各樣詩學立場，各有不同追索，羅門以他性格帶有一點孤傲，又有執著自己的個性，常讓人感到他感覺被排擠的身影。

與他不盡熟識，初次看到他是一九七〇年初，在台北西門町作家咖啡屋看他發表高論，也看到他對於詩、對於藝術的狂熱。曾在空軍飛行官校受飛行訓練，卻因身體因素未成為飛行官，未成為真正軍人而成為詩人的他，隨軍來台時二十一歲，將近四十年後的一九八八年，他才在開放探親時得以重回海南島家鄉。他的人生也像許多從中國來台的詩人們一樣被切割，也許這會是戰後跨海來台的詩人們，詩的背後或內裡的某種質素。

一九八〇年代初，羅門去香港，在中文大學宿舍高處遙望廣九鐵路，有所感慨，想起「砲聲」與「鄉愁」的經歷年代，感知潛在的隱痛和憂慮，寫了一首很長的詩〈時空奏鳴曲〉，副題就是「遙望廣九鐵路」，以（一）只能跳兩跳的三級跳，（二）望了三十多年，（三）穿過上帝瞳孔的一條線，三個子題近兩百行，流露他痛楚的心境。這樣的心也在他的〈流浪人〉顯現，他在台北這個比家鄉住得更久的新故鄉，應該存有難以排解的落寞，只能挹注在詩情詩想裡，與蓉子構築燈屋，被稱為台灣詩壇的白朗寧夫婦，像是人間美好眷侶。

但一九七〇年代就從職場退下專心一意寫作，以全職詩人自命的羅門，擁詩自重，人生的腳步應該也相當沉重。不斷追索詩的榮光，把詩當做自己的宗教，但看他在美術界，特別是現代繪畫圈的朋友可能比詩壇的朋友還多，一種落寞的神情似乎常掛在他的臉上。在街頭遇過，他會拉著你滔滔不絕訴說他的發現和感知，一個在封閉的塔樓裡的詩的教主，也許有一些信徒，但或許並不如他想要的多。一九七〇年代，甚至到一九八〇年代，「藍星詩社」的發言權並不強，只偏重在幾個特定人物，較有發言權的「創世紀詩社」，許多人並不真正把他當一回事，也難怪自以為比誰都更奉獻生命給詩、給藝術的羅門會有滿肚子怨氣，想要發洩出來。

〈流浪人〉

被海的遼闊整得好累的一條船在港裡
他用燈栓自己的影子在咖啡桌的旁邊
那是他隨身帶的一種動物

除了牠　安娜近得比什麼都遠
椅子與他坐成它與椅子
坐到長短針指出酒是一種路
　空酒瓶是一座荒島
他向樓梯取回鞋聲
　帶著隨身帶的那條動物
讓整條街只在他的腳下走著
一顆星也在很遠很遠裡
　帶著天空在走

明天當第一扇百葉窗
　將太陽拉成一把梯子
他不知往上走還是往下走

羅門就是一個在藝術塔樓的流浪人，他的孤獨既是時代的，也是他自己的。詩是他對抗時代孤獨和個人孤獨的工具，甚至已成為信仰，他維護信仰的心表現在他勤於創作，勤於評論的行止。他雕砌了語言的塔樓和城堡，終其一生都未怠懈，也被他自己的語言塔樓和城堡封閉了，係一個無法突圍而出的夢騎士，揮舞著他以自己藝術觀燃成的火炬，揮向他面對的黑夜。

——原載二〇一八年十二月《文訊》第三九八期

不向星空尋夢，在大地植根入世

——笑讓塵埃論短長的匠人魂向明

向明（一九二八～）早年是「藍星詩社」的成員，並曾擔任《藍星》詩刊的主編，出生中國湖南長沙的他，一九四九年隨軍隊來台時二十二歲。他讀空軍通信電子學校，後來也在美國空軍電子研究中心受訓，雖是軍人，更像是電子工程師。「藍星詩社」也有軍中詩人，周夢蝶早早就退伍，更像僧人。羅門和向明都屬空軍，成員也有學院出身如余光中、夏菁、張健、葉珊（楊牧），不似「創世紀詩社」的軍人色彩重，但「藍星詩社」在覃子豪去世之後，似以周夢蝶、余光中受到的討論較多，羅門和蓉子自己建構了「燈屋」的傳奇，葉珊改名楊牧，突出一格。向明相較之下，他樸素的詩形詩色較少被探照聚光。作為覃子豪的弟子，向明應是覃子豪「詩的播種者」栽培的詩人。一九五九年在「藍星詩社」出版第一本詩集《雨天書》時，是三十二歲之齡。一九六七年與詩友合著《五弦琴》詩集，其中的女詩人彭捷，在《笠》第四期有作品發表。《笠》第十六期（一九〇六年十月號）的「笠下影」以專欄介紹彭捷，說她「在新詩社的學員中，她是大姊，而且是認真寫作的一位，雖然因詩壇的風雲變化，她並沒有走上流行的樣子，她只是默默地等候著，等待著那一對宛如在原野跳躍的小鹿——詩與童話的出現。」這段話也像在說向明，只是她不是他。《笠》接下來的第十七期「笠下影」就是向明。

〈釋〉
貼金的讚美不要，風可將它腐蝕
摻色的頌歌不要，時間會將它遺忘

帶繭的粗手沒有夢過女王的親吻
偉大的建造裡，我是一名默默的工匠

這是向明的詩，二節四行，也在同樣的〈家〉和〈耳〉呈現，「笠下影」說，向明的詩的位置：「一個背負著時代的苦難底異鄉人，他的孤獨，他的沉默，是歷盡風霜所磨鍊出來的精神力量，以這力量集中於詩的表現，該是我們現代詩人所追求的精神要素之一罷！……不論詩壇如何地爭論不休，不管藍星詩社是怎樣地風雲變化，他永遠是一個忠實的詩的使徒……」。他不像同為「藍星詩社」成員周夢蝶的遁入，而是面對生活的現實。

顯示生活的身影

向明沒有像許多從中國來台詩人，要嘛在唐詩宋詞的氛圍低吟，要嘛在觀念論講求語句張力的虛空揮舞。他的口語白話構築了他各種面向的探觸，沒有誇張的高調，而是真摯實在的凝視、思考。寫詩、寫童話，翻譯，也評論，更留下散文篇章，他在「藍星詩社」的詩人之間，在中國來台的詩人之間，顯示一種特別的詩人身影。有時，我會在一些詩人們聚會的活動裡看到他，與同為「藍星」的羅門極端不同的是，他常常只是笑容可掬地面對大家，而羅門則滔滔不絕訴說他的諸多憤懣。我與向明只是寒暄幾句，而羅門則是要聽他不斷的訴說。

生活中常是日常性的主題，沒有什麼偉大的空洞字眼，有時候似乎被刻意與詩疏離。有些詩人常慣於夢幻、虛無的擬似詩意裡徘徊，拙於面對生活的課題。其實，日常的生活淡然裡常隱藏人生的智慧，只有踏實觀照的詩人才能面對生活的日常，吟唱或描繪日常性的人生風景。

〈妻說〉

妻說：豬肉又漲了
從三十四漲到三十八
還帶好大的一塊皮

妻說：老二的鞋子又穿洞了
買一雙吧
要一百好幾哩

妻說：又要繳房租了
我們的薪水袋
恐怕湊不齊

我說
我能說什麼呢
在我的詩裡
一樣也沒有這些東西

普羅大眾的生活景況，經濟困境的市井小民，貧困者不一定是詩人自己，但詩人不可以看不見貧困者。在經濟不景氣時代，任何國度都有這樣的處境。詩不只是青春的浪漫寄情，也不只是高蹈的虛無出世之境。捕捉生活的況味，在日常中流露某種幽默的觀照，以及諷喻。詩人的詩也沒有「錢」這種東西的想像，在現實裡反而背離「錢」的想像。發言者的丈夫、爸爸是詩人，兩手一攤的語氣，平實地敘說了浮世之相。

詩人的本質裡有某種祕密的投影。金、木、水、火、土的意象，或許也可以看到詩人的形色或寄情，向明在一首〈木〉，流露他的心境。

〈木〉

隨時俯仰成一種
刀斧可親的姿勢
只為
我本質厚地純

但你們終不能將我雕成
最初的原始

我的原始是一首最完美的詩
奧祕藏在
枝葉始生之處

木材經雕刻無法表現枝葉始生之處的奧祕。向明以此說詩，說詩的本質。過往的修辭猶如雕刻，是一種造句。搖頭晃腦的吟句作詩，常常是後設的造詩行動。古典漢語詩歌流於八股陳腐，即是類似現象，當下的新詩、現代詩也常見這種編造。

在新移入的土地展開人生之路

從中國的原生地，隨軍來台，許多一九二〇世代和一九三〇世代詩人，在詩裡留下心聲、見證。他們曾是失去故鄉的人，在新移入的土地展開人生之路。疏離或連帶都是可能的際遇，只要不附和權力之惡，都應該被正視、被傾聽。向明的軍人性不強，他更像電子工程師，在國策文學的戰鬥文藝好像也沒有留下什麼記錄。少小時期，日軍侵華或國共內戰應該都銘刻在他的心靈裡，他的相關戰火經驗留在詩裡的不多，倒是有一些戰爭記憶和反戰的詩行。

〈一枚子彈〉

嵌在兩肋之間的那枚子彈
一粒鈕扣般，老張貼身帶著
從臺兒莊帶到
獨山，都匀
從東山島，帶到
西海岸的海防班哨
從榮退的歡送會

帶到這棟公寓的五樓上
不痛也不癢的
日本皇軍手植進老張體內的
那枚黃銅子彈
就在心室的左邊
被血一養就五十年
每當滿街的鈴木，豐田囂張而過
他就狠狠的把它按捺住
生怕那塊已經結疤的恨，會引爆成
一顆憤怒的炸彈

「生怕那塊已經結疤的恨，會引爆成／一顆憤怒的炸彈」有某種不能遺忘，但不報復的胸懷。日軍侵華在許多來自中國的詩人經驗裡留存，國共內戰也一樣。但對於台灣本土詩人而言，被日本殖民的經驗和戰後在國民黨中國統治下的「二二八事件」，長期戒嚴統治經驗才是現實，詩人如何去咀嚼這種傷痕？如何在詩裡留下心的印記？有多種可能，也會形成不同的詩行。〈一枚子彈〉是一種歷史記憶和現實經驗，從一個退伍軍人的生活裡呈顯某種壓抑的愴痛，向明為老兵的愴痛訴說。他有一些詩，對發生在世界其他國度的戰事，有所指控。

生活在台灣的時間已超過他生活在中國的時間，認同問題常困擾台灣的人們。中華民國和中華人民共和國的國家定位，常成為許多人的混淆和苦惱，有些在台灣但不那麼認同台灣的詩人，特別對民主化以後的台灣，為了解決殘餘虛構、他者的中國性，嘗試著將中華民國台灣化（其實是要經過新憲法理工程的）。帶有仇視，甚至以移民他國喻示再度流亡的疏離心。但向明的詩顯示他的認同觀照。

〈困居〉

螢光幕上
雷根和戈巴契夫
又在握手了
雖然另一隻
都在緊握著槍枝

收音機裡
有人仍死命堅持
一國兩制

捨卻聲色
信步入廚
卻已見
油鍋裡正火辣的演出
東港青蚵
爆炒湖南豆豉

怎麼回事呢
這世界
我猛然摘下一隻拖鞋
朝空擲去

他有許多短章，隨手拈來，生動深刻。〈碎葉聲聲〉中的例子。

偶像倒了以後
空地上的那塊疤又醜又怪

多虧好心的野草
用綠色，補了起來

——〈碎葉聲聲〉

戰後台灣詩史的一棵長青樹

台灣的認同，特別是國家認同，確是仍在困局中。情、理、法各有其課題。詩人的介入在於情，和政治家介入的法與經濟介入的理，不盡相同。詩人要呈顯課題，如何解決是政治家的事。向明以困局說出認同的困擾，世界局勢是列強之間虛偽的和平。在台灣的政治紛擾裡，「一國兩制」這種刻意欺罔的政治語言，迷惑著陷於困境的政治人物。但詩人的「我」，另有觀照：「油鍋裡正火辣的演出／東港青蚵／爆炒湖南豆豉」不就是台灣本土和中國來台者的和解性建構視野嗎？雖然世界，這樣的世界讓詩人憤怒、生氣、不解、不安、不耐……但朝空擲去拖鞋的行動意味良多。

向明的低調的存在，顯現在生活態度，他關心台灣的生態，留下許多詩篇，也喻示許多現實人間風景。

在叢林之中
要找一小塊立足之地
多麼難呀！

一棵素色的竹葵如是說
只好把瘦小的脖子
拚命的向上，向上

——〈生態靜觀〉一百選之一

你是芋仔
我是蕃薯
你我共生在這塊土地

我是蕃薯
你是芋仔
我們都將被自己吃進肚裡

——〈生態靜觀〉一百選之二十二

在自然生態中寄寓心情，對台灣的環境有深刻觀照的向明，在紀遊作品裡也流露現實捕捉的諸多意味。

一隻鳥兒
宣揚的林間哲學
聲聲脆亮得
有如春天圓潤的雨滴

兩隻鳥兒
談論的林間哲學
不過是兩支蘆笛
在競比，誰的音色富麗

一群鳥兒
爭辯的林間哲學
便是議會政治了

少不了也鬥鬥嘴
少不了也動動肢體　你從你佔領的
枝幹猙獰的樅樹上
我從我霸住的
葉子豐厚的楓林裡

——〈東勢林場紀遊〉三之三

入世而且介入

從生態靜觀到林場紀遊，向明的人生觀、社會觀呈現出某種詩性風景，也喻示了他的態度。比起許多中國來台詩人從超現實的高蹈情況到回歸古典情趣，走回中國古典詩歌的情境模擬，走向所謂的純粹經驗，向明入世而且介入。他生活在現實，也採取一種凝視、反思的態度。從日常、從生活的體驗尋找詩意——當然不是空幻、虛無的，而是實在、真摯的。這樣的詩，不只是一代人的心影，不只是從中國來台詩人在台灣這塊土地踏實，認真生活的顯影。在某一意義上，也是台灣戰後現實的投影。一九二〇世代的向明，從一九五四年參加了「藍星詩社」，持續超過半世紀的詩之路途，他沒有轉向，只是一步一步更成熟地在詩歌之路追尋。在

「藍星詩社」，余光中太花俏了、周夢蝶出世、羅門高調的觀念論……同輩的詩人中，向明一步一步走著自己的路，他出版許多詩集，以及童話，更有評論、詩話、散文。一九九二年，他參與創立「台灣詩學季刊社」，被一些年輕世代推舉出任社長。

談向明，論向明，他的一首詩〈冬日的樹〉訴說了他的心境。不唱高調，實實在在地生活，凝視生活，在生活的現實裡釀造詩。向明的人間像明晰地呈現在他的詩中意味。

〈冬日的樹〉

舉手投足在早晨的山徑上
初昇的陽光鍍我成金甲金身
如此一身光鮮高麗的裝扮
像是在為某種真理披掛上陣

而我只是一株冬日疲憊的樹
早已獻出開花結果的日子
而今只想暖和的看一看雲
數一數鳥，讀幾行自然的詩

一九八七年就發表了〈冬日的樹〉的向明，又經歷一輪又一輪的四季，他的心境在二十一世紀第二個十年代，更明晰地顯示的這首詩裡。疲憊的樹疲憊了嗎？彷彿戰後台灣詩史的一棵長青樹，比起幻想夜空的藍星，他應該更踏實抓握生活的土地。他的詩的存在感不在天上，而在現實的土地上，在生活的日常裡。他說過的這段話：「我二十歲孑然一身來到台灣，是這塊土地養護我、培植我，使我不虞匱乏，在幸福安定的環境下成長茁壯。我愛這塊收留了我的土地，我的詩每一首都和這塊土地有關。」令人動容，彰顯了他的詩人心影。

——原載二〇一八年九月《文訊》第三九五期

紀念詩人商禽以及一些隨想

二〇一〇年七月二十九日，我進了一下工作室，就頂著大太陽來到華山藝文特區。下了計程車時，司機問說怎麼這麼多警察，探頭一想，有政治人物要來。

進會場前，詩人羅浪的女兒在樹下打招呼，她說是在等父親前來。有一張一九六四年的照片，自左至右依序是羅浪、商禽（一九三〇～二〇一〇）、林亨泰、錦連四位詩人，合攝於彰化八卦山下，已列入當代文學史料影像系統。四十多年前，一夥人仍然四十歲左右壯年時期的形影，讓人不禁感到人生的倥傯。想當年，正是《笠》詩刊創刊那一年，四位詩人都加盟過紀弦發起的現代派，也在《現代詩》發表過作品。而商禽之外的三位台灣本土詩人，在那一年都成為笠詩社的發起人與詩刊的創辦人。也在這一年，小說家吳濁流創辦《台灣文藝》，而彭明敏與他兩位台灣大學政治系學生發表〈台灣人自救宣言〉。

參加商禽追思會的詩人很多。我在入口的出席簽名錄寫下自己的名字。會場裡，已到的人都已經入席。一進會場，我想看的是展檯上商禽的相關文物、手稿、文件、畫作。就只我一個人站著低頭俯看，突然間聽到一旁的一群攝影記者出聲，意思是他們等待捕捉入鏡的人來了，要讓開視線。但我已將看完檯面的東西，沒照意思立即離開。

等到我抬頭，走近坐席時，有一位認識的詩友出聲說了這樣很好，不為權貴所動之類的話。我往入口方向看去，追思會主辦單位等的那位面對中華人民共和國不敢稱呼自己國家名號，也不敢說出自己職位的先生，正向裡面走進來，他也順路觀看檯面的紀念物。我索性往入口處移動，正好與那個人擦身而過，也就離開會場了。

在會場外，又遇見羅浪的女兒，詩人羅浪還沒有到。我請她轉告問候她父親，走到忠孝東路、八德路口，還沒等到計程車，就一路走回工作室。想像著那個人致詞追思商禽的樣子，思索著商禽會喜歡這樣的政治關懷嗎？半世紀的流亡，從中國大陸到島嶼台灣，人生就這麼隨著政治荒謬劇場落幕，在被追思中印記的是歷史的許多不能真實言說的困厄。

沉默於過分喧囂的時代

做為一個詩人，商禽有他獨特的位置。他不像許多有頭有臉的詩人同儕留下像反共抗俄、殺朱拔毛的刺青一樣的戰鬥詩，必須自己湮滅證據。他的詩，流露的是一個流亡者的真實處境，不需要移民美、加，自稱流亡。在過分喧囂的時代，他是低調的，總是在自己一個角落裡沉默著。

與羅浪、林亨泰、錦連幾位台灣本土詩人的合照，看出當年詩人間的情誼。當然也看得出林亨泰當年在商禽心目中的位置。八卦山下幾乎象徵林亨泰的生活場域；同在彰化的是錦連；

羅浪在苗栗；而商禽住在更遠的地方。其實，商禽應和白萩相知，當年活躍於《現代詩》的共同情誼也是值得紀念的。

記得，一九六〇年代末有一次白萩提到，在台北西門町的作家咖啡屋，一群詩人正熱烈地談論一首詩，突然間商禽說他和白萩一樣讀不懂，話語突然靜默下來。這是我印象深刻的記憶。有關口沫橫飛談論的晦澀詩歌從人云亦云到眾人不發一語，實在極具諷喻。在追思商禽之時，突然想到白萩這樣的一個詩人。詩人安在哉？

對於商禽的逝世，報導很多，我自己也在筆記裡留下這樣的追悼：

因眺望歲月的窗口
而伸長了脖子
成為長頸鹿的那人
閉上眼睛
瞳孔裡不再有滅火機的影子了

在流亡之島
寫下幽微人生的行句
詩語註記了生命無聲的叫喊

成為遙遠的催眠
在夢與飛翔中他其實是一隻鳥

魂魄終得回返家鄉
在故土成為一棵樹
那或是故國
只是革命的欺罔畢竟不如
圖書館裡詩人的咳嗽聲

——〈逝者的追悼——紀念商禽〉

我與商禽並不熟，見面的場合也只是點點頭打招呼。他的詩，我是細讀了的。年輕時，走上詩人之途，〈長頸鹿〉、〈滅火機〉、〈鴿子〉等詩，也與詩壇的朋友一樣喜歡。讀〈遙遠的催眠〉時，會想到白萩〈風的薔薇〉，想詩人另一種形式的歌唱；而初讀〈咳嗽〉時，則想到非馬這位詩人的長短句。商禽是冷的，也是凝練的，就像他靜靜微笑的身影。

關懷社會的現實詩想

說到散文詩，有許多人常以商禽為尊。我自己很少有散文詩這樣的作品，但讀了外國一些詩人的散文詩，也譯介過波蘭詩人赫伯特（Z. Herbert，一九二四～一九九八）。赫伯特式的嘲諷，以散文詩的形式產生強烈主題張力，他的《柯吉多先生》讓人印象深刻。不在語句的斷與連形塑張力，而是在敘述的虛實情境中呈現主題的張力。讓散文詩是詩而不是散文，看商禽，看赫伯特，能看見詩之為詩的共同點。

我常常想，一九四九年隨國民黨從中國，自願或非自願地來到台灣，為台灣的戰後詩留下詩史風景的詩人們，一定有異於台灣本地出身的詩人們的詩情與詩想。隨著歷史的演變，這些詩人的詩也許會在中國詩史裡留下位置，也在台灣詩史有特殊的存在。台灣本土詩人在跨越二戰前後，從失語狀態跨越到漢字中文，語言受到傷害；而中國流亡來台的詩人在離散中漂泊。共同的時代裡，不同的情境，交叉出詩的風景。儘管有些詩人因為統治體制的權力附庸而曾經配合黨國國策，歌唱過不一定有自己感情歷史的行句，但像商禽這樣的詩人，也許因為純粹的堅持，而倍讓人敬重吧！

論者在談到商禽的作品時，習慣提到大家熟悉的詩。他那些詩極適合現代情境，反映了詩人的世界。特別是，戰後在台灣的詩迴避現實介入的課題，喜歡文人性，崇尚末端詩藝的造構，具有一種要嘛附翼黨國統治權力，要嘛退而放空，置之不見場所的現實。有兩首商禽的簡短散文詩，流露他的社會觀照。

〈音速——悼王迎先〉

有人從橋上跳下來。

那姿勢凌亂而僵直，恰似電影中道具般的身軀。

突然，在空中，停格了二分之一秒，然後才緩緩繼續下降。原來，他被從水面反彈回來的自己在縱身時所發出的那一聲悽厲的叫喊托了一下，因而在落水時也只有悽楚一響。

——一九八七年八月二十八日，中和

一九八七年發生李師科搶劫土銀的事件，警方逮捕計程車司機王迎先，並予刑求。在新店溪福和橋勘查訊問時，王迎先突跳河自殺，警方以畏罪視之。但李師科寄存搶劫物之年輕工人報案，始知王迎先無辜。王迎先、李師科兩位都是退伍老兵，而李師科寄存之贓款據說是要贈予寄存之年輕工人，有劫富濟貧的用意。這一事件震驚當時社會，除暴露警察辦案刑求逼供，也暴露底層社會的無助。

商禽以悼王迎先為副題寫了〈音速〉這首詩，有悼念流亡來台退伍老兵命運之意，而不僅是為其蒙受不白之冤。從有人從橋上跳下來，到只有悽厲一聲，像是客觀地描述一個人跳水的情景，但悽厲的一聲叫喊出退伍老兵的集體命運，甚至涵蓋了詩人自己。商禽刻意的意旨流露了對底層流亡來台老兵的關心，不像許多所謂的現代詩人在高蹈的文人情境裡，疏於現實人間。商禽所強調的超現實應是更為現實，這也是一個例子。

在詩人之路留下的行跡

在這之前，商禽也有一首很特別的詩〈木棉花〉，是悼念陳文成——一位在美國卡耐基美隆大學任教的優秀台灣人數理統計學家，因為曾在美國募資幫助《美麗島》雜誌和施明德而被情治單位監控，於回台時被警總約談，之後被發現屍體倒在台大圖書館的草坪。咸認是刑求致死，但官方並未承認。

〈木棉花——悼陳文成〉

杜鵑花都已經悄無聲息的謝盡了，滿身楞刺、和傅鐘等高的木棉，正在暗夜裡盛開。說是有風吹嗎又未曾見草動，橫斜戳天的枝頭竟然跌下一朵，它不飄零，它帶著重量猛然著地，吧嗒一聲幾乎要令聞者為之呼痛！說不定是個墜樓人。

——一九八五，台北

被發現屍體倒在台大圖書館草坪的陳文成，美國來台驗屍的法醫說是死後屍體被從圖書館丟擲下來的。這是一件未偵破，但咸認與官方的情治單位脫不了關係的案件。長期的戒嚴時代，屢見不鮮的政治迫害。

杜鵑花三月盛開，木棉花大約開在四月，而陳文成事件發生在七月初。詩題的木棉花，詩中的杜鵑花，應是場所與象徵之用。杜鵑花是台大校園之花，而木棉花也是。杜鵑啼血，小說也有「那片血一般紅的杜鵑花」，但在這首詩中是用來詮釋木棉花。木棉花開花落，滿樹都是，滿地都是。木棉花有一定的重量，落地時可聽見聲音。如果在夜晚，更是。商禽以木棉花的落地引喻墜樓人意象，述說了一件政治迫害的歷史事件。這樣的介入，在一些曾經發表過戰鬥文藝反共愛國的國策詩的詩人群中，是不可能的；在以工農兵文學指控台灣文學界，發出狼來了的警告，後來又轉向的詩人筆下也不會出現。商禽默默地留下詩的見證，留下詩人可貴的行止風格。

我之所以想去參加商禽的追思會，應該是有感於他在詩人之路留下的行跡。即使他是一個從中國流亡到台灣的詩人，即使他的魂魄回返中國，但那畢竟是他的家鄉，他的故土。商禽在台灣留下的詩，客觀上成為戰後台灣詩史的一部分是無庸置疑的事。也許有一天，二戰後隨國民黨從中國移入台灣的人們與他們的子孫終於和台灣原住民，或較早期的移入者及已落地生根的後代，共同在這個島嶼建構了新的國家，那麼用台灣的場域主題探察商禽的詩，更能感受到他的詩情與詩想。

——原載二〇一〇年八月三十日《自由時報・副刊》

在美麗島留下有甜味的詩風景

——楊喚短暫人生的流離印記

楊喚（一九三〇～一九五四）是一九五〇年代初期、台灣以通行中文登場的詩傳奇。那時候，不只中文詩歌只在報紙的詩園地發聲，大部分在日治時期已發聲的台灣詩人面臨瘖啞的困境，只有少數在語文轉換跨越障礙，林亨泰是箇中代表，後來，他還成為紀弦發起「現代派」的主力援手，引介了日本《詩與詩論》的現代詩思潮。而詩壇以《現代詩》、《藍星》和《創世紀》各據山頭，是中期以後的發展。《笠》的跨越語言一代詩人，除林亨泰外，吳瀛濤、錦連也登場，而白萩則是楊喚死後以天才詩人之姿發出亮光。

一九四九年，隨國民黨中國政府及軍隊來台的楊喚，出生於中國遼寧興城的菊花島，是遼東灣最大島嶼（中華人民共和國改名覺華島）。他出生的第二年，發生九一八事變，翌年，滿洲國成立。早年，母親病故，常被繼母虐待的他，並不幸福。遲至近九歲才讀小學的楊喚，畢業後考取農業學校，認識了生命中難以忘懷的朋友，包括戀人劉妍（劉金鈴），一起寫作、畫畫、讀書……但因戰亂，在楊喚輾轉來台灣後，只在夢中牽繫。這樣的愛戀既美麗又悲哀，在楊喚的詩人生涯成為重要的鑑照光影。

隨軍來台前，楊喚於父親過世（一九四七年）那年，隨伯父到天津，又轉青島，這時二戰已結束，滿洲國恢復為東北三省。他在報館從校對而主編，並展開他的詩人生涯，在上海的刊物發表作品，並與一些詩人書信往還。有些記述說青島文藝社還出了他的第一本詩集。

在不幸中綻放的童謠詩

隨軍來台的楊喚並非受過正規訓練的軍人。他在伯父過世後，隨伯父託付的友人離開中國北方，南來南方的廈門。找不到職業，曾到軍中的電影隊當兵，後來脫隊。但在國共戰亂的時際，又加入部隊充當上等兵。來到台灣的楊喚後來升為上士文書，像許多同時代的中國青年，離鄉背井，或被拉伕加入軍隊，或因迫於生活加入軍隊，但本質上並非軍人。

在台灣五年的楊喚，以文書上士職銜，主要工作是在軍中辦壁報、刻鋼版字、畫插圖。但寫兒童詩發表在報紙兒童版和在《野風》等刊物發表短詩，才是他的文學夢想。他在青島的夢中戀人隔海分離，已非現實，而楊喚在詩裡仍然編織著夢中之戀。

這讓我想起一位日本童謠女詩人金子美鈴（一九〇三～一九三〇）短暫而不幸的人生，以及她留下的童謠詩風景。楊喚出生之年，正好是金子美鈴逝世之年，楊喚活了二十五歲，金子美鈴活了二十七歲。楊喚出生後第三年，家鄉就成為滿洲國領域，日本成了中國所指的偽滿的幕後殖民者。金子美鈴早年亡父，媒妁之言的婚姻不幸福，但她在顛沛生活中留下無數動人的童謠詩篇。

金子美鈴的父親和姨父經營書店，曾分別在中國營口設分店，姨父更在大連、旅順、青島拓店發展，但那是服務滿洲國的日本人或日本語閱讀者，楊喚應沒有來自日本童謠詩的營養及影響，但論及楊喚童年的艱辛、成長的痛苦、感情的傷痕、戰亂的流離，與金子美鈴在不幸中綻放的童謠詩一樣，都是苦難的淬鍊。

在台灣的本土詩人中，我也在想到楊喚時，想到詹冰。詹冰是早於楊喚十年代的詩人，生於日本殖民時代，受日本教育，曾留學日本東京的藥專，但一心想成為詩人的他，從俳句、短歌等日本短詩汲取造形原理，以「追求美的時候，我血管裡彷彿在流著綠血球。充滿愛的時候，我的血管裡就感覺正在流著紅血球。」的心情，留下許多真摯動人的詩篇，詹冰的詩也有許多童謠詩風景。

楊喚在他的文書上士生涯是寫手而非戰鬥軍人，曾任職國家安全機構的作家，本名戴蘭村的葉泥，曾記述有關楊喚的交往。譯介了一些日本詩及法國詩人紀德（A. Gide，一八六九～一九五一）、古爾蒙（R. Gourmont，一八五八～一九一五）的葉泥，主編過刊物，在《筆匯》、《文學季刊》及《創世紀》活動，參加紀弦的「現代派」，他是一位當時較有世界文學視野的作家。一九七一年，我因在《笠》發表〈招魂祭〉，引發護航洛夫的一些《創世紀》詩人反彈，在《水星》這份詩刊甚至攻訐《笠》為日本詩壇殖民地，招致《笠》發表「台灣曾被日本殖民統治並非台灣人自願，而是大清帝國戰敗割讓」，要求道歉、解釋。我記得當時出面調停、讓風波結束的就是服務於國安會的葉泥，風波也因而停止。葉泥對楊喚照顧有加。

常在當時的省立圖書館看文學名著，楊喚與在總統府周邊單位服務的葉泥經共同友人相提而相識交往。後來，楊喚也調到同單位，兩人一寫童話一譯童話，葉泥還留下楊喚「我們應當多給孩子們流點汗，多寫點營養的東西。」的記述。大約一九五一年吧！楊喚也認識了詩人紀弦、覃子豪和李莎，一些文學的夢想常常在他們之間醞釀編織著，他也認識歸人——後來編集了《楊喚全集》二冊，已是一九八〇年代的事。

純粹的文學人

可以想見，楊喚是一位很純粹的文學人，顛沛流離的人生際遇，不幸的童年，反而讓他滋長了文學生命。他甚至與政工人員鬧意見，被關禁閉，與許多軍中詩人是政工人員極為不同。短暫的生命，讓他未受到一九五四年「文化清潔運動」及一九五五年「戰鬥文藝」的影響。楊喚在青島的青少年時光，曾有關於中國北方農村生活的鄉愁，歸人在《楊喚全集》前記，指不同於一班別具用心之輩的所謂鄉土文學，恐是對一九七七年台灣鄉土文學論戰時官方指控的工農兵文學取向的多慮之論。用以品比楊喚並非什麼美言，而帶有附和國策文學的殘餘意味。

葉泥記述楊喚在一九五四年三月七日，是一個星期天，出了介壽館的後門（這就是總督府改制的總統府），有位同事給了他一張電影票，在前往西門町電影院觀賞《安徒生傳》，經過中華路的西門火車平交道，一列南下列車駛過，但另一輛北上列車駛來，等不及的他跨越平交道時，被迎面撞上，時間是上午八時四十分。一位原本可綻放出更多光彩的詩人，就這樣結束了生命。

生前發表了四十多首抒情詩，約二十首兒童詩的楊喚，也有散文以及書簡留下，據說他也有些殘稿和丟棄的作品。楊喚死後，紀弦與葉泥等人為他在「現代詩社」出版了詩集《風景》。再十年，光啟社出版了《楊喚詩集》。因此，他常被歸在「現代派」陣容。其實，「現代派」是一九五六年才由紀弦發起，而楊喚的詩大多發表於《新詩周刊》、《中央日報》兒童版，早逝的他甚至未及介入「現代詩社」、「藍星詩社」、「創世紀詩社」在一九五〇年代中期後的競逐，只是一個一九四九年隨軍來台，身在軍中心卻投注在詩歌，對兒童詩情有獨鍾，寫散文也寫小說，卻不幸於二十五歲之齡即走完人生之路，徒留遺憾在人間的詩人。一些詩壇的論爭是與他無關的。

一九六四年六月創刊的《笠》，從《現代詩》、《藍星》、《創世紀》一九五〇年代中期引領戰後台灣的中文詩運動十年後，展開了台灣本土詩人的中文詩運動。創刊號（一九六四年六月號）的「笠下影」介紹詹冰，依序各期介紹吳瀛濤、桓夫（陳千武）、林亨泰、錦連，第六期就介紹紀弦，第七期的登場詩人是楊喚。

最重要的，不僅是
去學習怎樣「發音」與「和聲」，

今天，詩人的第一課
是要做一個愛者和戰士，
然後，才能是詩的童貞的母親。
摔掉那低聲獨語的豎琴吧！
向著呼喚你的暴風雨
把腳步跨出窄門

——〈詩人〉

楊喚的〈詩人〉可以說就是他的詩人觀，與《笠》強調首先是做一個人，然後才是詩人有異曲同工之妙，在惡品質與反教養充塞的詩壇，極具反思之意。這一期《笠》介紹了他的〈雨中吟〉、〈二十四歲〉、〈路〉、〈期待〉、〈夏季〉、〈淚〉（四首均「詩的噴泉」系列）以及〈我是忙碌的〉。在楊喚之後，「笠下影」才介紹方思、鄭愁予……可見對這位早逝中國來台詩人的重視。

在美麗島留下有甜味的詩風景

二〇〇五年，我受當時教育部長杜正勝之託，主持《青少年文學讀本》的詩、散文、小說共三十六冊計畫，楊喚的詩在各冊詩集均有選入。二〇一四年，我在圓神的《聽，台灣在歌唱》、《聽，世界在歌唱》，分別選編十位台灣詩人和十位世界詩人各一輯作品，楊喚作品也在台灣詩人之列。這是我以閱讀為關注方針的選編想法，特別重視楊喚短短不到六年，在美麗島留下的有甜味詩風景。

〈檳榔樹〉

星的金耳環，月的銀梳，
都是那些拜金主義者送妳的禮物；
高貴的長裙，曳地的晚禮服，
那是愛情病患者們用想像的輕紗給妳縫就的。

不要左右搖擺了罷。
不要迎風起舞了罷。
我不要吻妳這活在夜生活裡的貴婦。
我要帶一隻微笑的紅燭去向向日葵求婚，
請蟋蟀收拾起他的藍色的小夜曲，
請小河不要朗誦詩句，

我只要用燭火點亮我的山歌，
直到我的歌聲引來那使她抬起頭來的日出。

檳榔樹對於隨軍來台的楊喚而言，是相異於中國，特別是相異於中國北方的植栽，另一種南方特有的植栽。楊喚描繪夜晚的檳榔樹，他以女性看檳榔樹，不從檳榔果，純就樹影，以搖擺起舞隱喻視野中的被拜金主義者追求的女性——活在夜生活的貴婦。他要向日葵求婚（在一九五〇年代，詩裡以紅燭去向向日葵求婚，紅燭、向日葵有時會被指控政治牽涉），他要以山歌，他要以自己的歌聲使她抬頭看日出，檳榔樹的夜間形象有些像是紙醉金迷的貴婦，不是素樸的楊喚所喜，他要她看日出。

〈檳榔樹〉要和〈椰子樹〉對照閱讀，這就是台灣在北國的來人心目中的南國風情。一八九五年殖民台灣的日本人這麼感覺；一九四五年來台的中國人也這麼感覺。楊喚是一九四九年隨國民黨中國政府撤退來台，一樣會有這種感覺。

〈椰子樹〉

像披著如絲的長髮的少女，
椰子樹嬌羞的站在寂寞的窗口。
默默地凝視著她，凝視著，

因為，我今天異常的需要溫柔。
不必給她寫長長的信，
也不必陪她去月下輕輕的散步，
她知道怎樣愛著我，
也知道怎麼愛著小樓。

〈椰子樹〉是長髮的少女，不是像夜生活裡的貴婦，楊喚以溫柔的她看長出窗口的椰子樹，不是兩地阻隔，因此不必書信相通，陪伴在寂寞的詩人旁邊的椰子樹就像一位顧影相隨的少女。

閃耀知性的光輝

「笠下影」在一九六五年六月號《笠》介紹楊喚時提及：「由於孤僻的性格，加上他主要作品都發表於《新詩周刊》……如果將楊喚編入《現代詩》系列，或許不太合適。但他死後的詩集《風景》由現代詩社出版……而且他們的性格可以說也都屬於此一類型，因此被編入《現代詩》系列，也並非不適當。」認為楊喚的抒情詩閃耀著知性的光輝，並認為他的詩有真摯性；又認為不以真摯性為根柢，無法寫好戰鬥詩。這裡的「戰鬥詩」指的是楊喚一些詩反映他的時局經歷，這或許是中日戰爭、國共內戰，在他人生之路烙印的現實，不是後來反共抗俄國策文學的教條。

楊喚有一首〈美麗島〉，是他的台灣印象和見證。日本的文化人，在日本殖民台灣時以「華麗島」稱台灣。戰後隨國民黨來台的文化人，通常以「寶島」或「美麗的寶島」稱之。一九七九年的高雄美麗島事件發生後，較早出版的笠詩選，以《美麗島詩集》之名，曾受到出版管理當局關切，被拒絕在《中央日報》刊登新書廣告，是另一時代投影。

〈美麗島〉

有藍色的吐著白色的唾沫的海
小心地忠實地守衛著，
寒冷的冰雪永遠也不敢到這裡來。

有綠色的伸著大手掌的椰子樹
緊緊地拉住親愛的春天，
美麗的花朵永遠成群結隊地開。

在這裡
小朋友們都像健康的牛一樣地健康，
在這裡
小朋友都像快樂的雲雀一樣地快樂，

你來看！
小妹妹是夢見香蕉和鳳梨在樹上跳舞了吧？
要不怎麼睡在媽媽的懷裡
還是不停地微笑？

你知道這裡是什麼地方嗎？

告訴你，她的名字叫臺灣，
是甜蜜的糖的王國，
是童話一樣美麗的，美麗的寶島。

楊喚在台灣留下許多有甜味的詩，台灣的水果、植栽、陽光、海洋，都在他童話的行句裡被編織成風景。島上的夜晚是他詩中童話般的夜；甘蔗、稻米、鳳梨、香蕉、椰子，是犁和牛在土地耕耘，而分享的果實。他也從海的吼叫了解人的憤怒，聽人痛苦的呼吸，但犁和土地在他心目中是相互的戀人，相互期待偎依。

也許，楊喚的美麗島是他藏在心目中的「菊花島」——是遼寧遼東灣後來更名為「覺華島」的替身。他受難的人生歷程從中國的遼寧、青島、廈門而台灣，從中日戰爭，甚至更早的中國瀋陽九一八事變後滿洲國成立的那一段歷史。不知道他有沒有在滿洲國時期受過什麼日本童謠詩教養的影響。大正時期日本童謠詩彗星金子美鈴，反映的是日本那時期的文化氛圍，西條八十（一八九二～一九七〇）、北原白秋（一八八五～一九四二）、野口雨情（一八八二～一九四五），甚至崛口大學（一八九二～一九八一）的詩與歌都是國民文學，在日本本土，也應該在滿洲國的兒童與青少年間廣泛閱讀。台灣詩人詹冰在日本留學時期的一九四〇年代初期，也受到崛口大學的賞識，在詩的出發之時得到鼓勵，才在抒情和知性的調和交織出他獨特的詩風景。而楊喚在台灣的風土留下許許多多動人的詩篇，與他有關中國與家鄉的風土相互映照，他在台灣的流離印記和他在中國的流離印記，編織在詩的行句裡，正是他一系列「詩的噴泉」十首的寫照。

來自中國的楊喚，在台灣留下詩。他的自我追問，也許要從台灣的閱讀者回應得到回答。

白色小馬般的年齡。

綠髮的樹般的年齡。
微笑的果實般的年齡。
海燕的翅膀般的年齡。

可是啊，
小馬被飼以有毒的荊棘，
樹被施以無情的斧斤，
果實被害於昆蟲的口器，
海燕被射落在泥沼裡。

Y・H！你在哪裡？
Y・H！你在哪裡？

——〈二十四歲〉

我要回答：Y・H！你在許許多多閱讀者的心裡。

——原載二〇一七年十二月《文訊》第三八六期

胡琴、嗩吶、柳笛加一些大提琴的鳴音

——以一冊詩集《深淵》留下風華的瘂弦

瘂弦（一九三二~）以一本詩集，以不到百首作品，奠定他詩人位置。在一九五六年到一九六五年之間，他留下在《深淵》的六十一首詩。這成為戰後在台灣通行中文詩壇的傳奇，也成為絕唱——從詩人的角度來說。

楊牧在葉珊時期為瘂弦詩集《深淵》寫了後記，那是一九六七年。結尾提到瘂弦，說「他的變化是多面貌的變化，從〈我是一勺小花朵〉到〈秋歌〉是一個變化，從〈秋歌〉到〈印度〉是一個變化，從〈印度〉到〈給R．G〉是一個變化，從〈給R．G〉到〈深淵〉是一個變化，從〈深淵〉到〈一般之歌〉又是一個變化。我們等著看他怎麼樣從〈一般之歌〉變化出來。」但瘂弦就是沒有變化出來。他成為一位文藝雜誌和報紙副刊的編務主持人，成為他不到二十歲就離開的中國三〇年代、四〇年代詩史的詮釋者。

〈一般之歌〉流露著輕巧的情境描述。初夏的五月在他「五月已至／而安安靜靜接受這些不許吵鬧」的兩節結尾，襯托的敘述況味，有一種日常的、生活裡不經意就會面對的景象，一種莫名的哀愁感，彷彿大提琴慵懶、舒緩的鳴音：

鐵蒺藜那廂是國民小學，再遠一些是鋸木廠
隔壁是蘇阿姨的園子；種著萵苣，玉蜀黍
三棵楓樹左邊還有一些別的
再下去是郵務局，網球場，而一直向西則是車站
至於雲現在是飄在曬著的衣物之上
至於悲哀或正躲在靠近鐵道的什麼地方
……

五時三刻一列貨車駛過
河在橋墩下打了個美麗的結又去遠了
當草與草從此地出發去佔領遠處的那座墳場
死人們從不東張西望
而主要的是
那邊露臺上
一個男孩在吃著桃子
……

第二節的末尾，多了「不管永恆在誰家樑上做巢」，幾個字把「安安靜靜接受這些不許吵鬧」的祈使語句加上某種註腳。五月，讀這首詩，想像一九六〇年代的台灣，情境已經不同，但在詩裡的況味彷彿能重現一些詩性風景。

白萩早於葉珊，晚於瘂弦。他在〈魂兮歸來〉的台灣詩壇回顧指的是一九五〇年代到一九六〇年代初。對於瘂弦，評價甚高。一段「毒玫瑰瘂弦小姐出來賣唱以後，因其風華絕美，而骨子裡放蕩不羈，引起多少王孫公子，戀戀其後，為其跳火坑，為其揣盆水，誠尤物也。」灌了加辣的迷湯。以他當年對余光中的相對調侃，可以看出他對瘂弦的另眼相看。以《敲打樂》、《在冷戰的年代》把自己從豆腐干體、新古典詩詞調性提升起來的余光中，在搖滾的調性裡掌握了節奏感，吉他、鍵盤、鼓，配上他的口語白話，呈現屬於他的聲音。相對而言，瘂弦的詩的聲音，像胡琴、嗩吶、柳笛加一些大提琴的鳴音，比較而言是旋律性的。

時代的悲劇成為歷史和笑

記得多年前在一本《紐約客》或《大西洋月刊》，看到英譯的瘂弦作品〈上校〉，有一種特別的感覺。我常把這首詩和他的〈故某省長〉重置閱讀。誰說創世紀的詩人無視於在台灣這塊土地生活的現實？〈上校〉是中日戰爭的徐蚌會戰失去一條腿的軍官的人生景況；而〈故某省長〉的情境，像是描繪一位在中國曾為省長的二戰後移入者人生終止的景象。這樣的詩，在台灣反而較少被提起。但譯介成外文，外國的閱讀者或許更能夠從中領略到二戰後台灣交集在中國歷史與某種現實的意味。這也是從中國流亡到台灣的人們的歷史和時代感傷印記。

〈上校〉

那純粹是另一種玫瑰
自火焰中誕生
在蕎麥田裡他們遇見最大的會戰
而他的一條腿訣別於一九四三年

他曾聽到過歷史和笑

什麼是不朽呢
咳嗽藥刮臉刀上月房租如此等等
而在妻的縫紉機的零星戰鬥下
他覺得唯一能俘虜他的
便是太陽

讀這樣的詩時，有一種對於長期黨國戒嚴統治體制下，曾為軍人或中階軍官，而現實上只是一位國家淪陷後流亡人物的同情。時代的悲劇成為歷史和笑，瘂弦以這一行轉折，分隔過去（在中國）和現在（在台灣）。不只因為敘述的現實，而更是形成這一首詩的語言行句。一首十行詩，在「妻的縫紉機的零星戰鬥下」的現實生活處境對照昔日戰火的災難，不被交戰的敵人俘虜，而只被太陽，隱含著似乎是一日一日的生活壓力。

〈故某省長〉

鐘鳴七句時他的前額和崇高突然宣告崩潰
在由醫生那裡借來的夜中
在他悲哀而富貴的皮膚底下——

合唱終止。

〈故某省長〉的悲哀，如果以小說處理，即使是白先勇，也要費一番文字一些篇幅。但在瘂弦的筆下，四行詩句撐起的場景，離鄉背井的往昔權貴往生的一幕，畫面和聲音兼具，撩起的是國共內戰的歷史滄桑，一種近現代中國的流離傷逝。

瘂弦與洛夫、張默是《創世紀》的三公，在戰後台灣詩史是從新民族詩型、超現實主義、純粹經驗論這種主張演變的詩社象徵性的代表人物。其實，他許多作品並不是在《創世紀》發表，《深淵》六十一首詩的出處，看得出他在台灣以「中國現代詩運動」為名的時期，在大約十年間，廣泛地在各個詩刊登場：《藍星》二十首，《創世紀》十六首，《筆匯》七首，《南北笛》五首，《今日新詩》五首，《文學雜誌》四首，《文星》二首，《現代詩》一首，《大學生活》一首。

這樣看來，瘂弦與其說是《創世紀》，不如說是一九五〇年代中後期到一九六〇年代中期，台灣通行中文現代詩運動的一個遍地耕耘的代表人物。說是《創世紀》，也許因為他與洛夫、張默同為左營軍區的軍人，而有以致之。

洋溢異國情調

他比〈上校〉、〈故某省長〉這一系列詩更早的一系列異國情調詩篇，從〈巴比倫〉、〈阿拉伯〉、〈耶路撒冷〉、〈希臘〉、〈羅馬〉、〈巴黎〉、〈倫敦〉、〈芝加哥〉、〈那不勒斯〉、〈印度〉……以及許多篇章，說是經驗，不如說是從閱讀知識得到的想像，帶有些童話的意味，有點像繪本上的行句。其實他的詩多的是異國情調。

小小的十字星，在南方
以撒騎驢到田間去
去哭泣一個星夜
去默想一個星夜
小小的十字星，在南方
……

——〈耶路撒冷〉

啊，一個希臘向我走來
金雞在宮殿上飲露水
荷馬彈一隻無弦琴
……

——〈希臘〉

……
在芝加哥我們將用按鈕寫詩，乘機器鳥看雲
自廣告牌上刈燕麥，但要想鋪設可笑的文化

那得到淒涼的鐵路橋下

——〈芝加哥〉

但同時期或稍早的〈春日〉、〈乞丐〉、〈京城〉、〈紅玉米〉……雖也像童話，卻更有中國的韻味。若說異國情調的詩篇有些大提琴的鳴音，那麼，中國韻味的詩篇則是胡琴、嗩吶、柳笛並奏，調性就是和鑼、鼓齊鳴的一些響聲。

主啊，嗩吶已經響了
冬天像斷臂人的衣袖
空虛，黑暗而冗長
……

——〈春日〉

不知道春天來了以後將怎樣
雪將怎樣
知更鳥和狗子們，春天來了以後
以後將怎樣

……

——〈乞丐〉

京都喲
快快用你最後的城齒
咀嚼那些荒古的回憶罷
迴廊上的長明燈就要熄了
瞳孔穿過大漠也看不見胡馬
……

——〈京城〉

宣統那年的風吹著
吹著那串紅玉米

它就在屋簷下
掛著
好像整個北方

整個北方的憂鬱
都掛在那兒
……
猶似嗩吶吹起
道士們喃喃著
祖父的亡靈到京城去還沒有回來
……

——〈紅玉米〉

在時代深淵的不快

在那年代，鄭愁予、葉珊，更別說楊喚了，誰不在行句裡流露一些異國情調，橫的移植不只是方法論的概念，甚至是詩想的情境。戰後的台灣現代詩並沒有戰後性，台灣本土詩人是戰敗後被光復的國度轉換；中國來台詩人則是國共內戰加上中日戰爭，或說抗戰，悽慘的因為盟軍打敗日本而成為不踏實戰勝國，以及後來的國家遷占台灣。

即便是〈深淵〉，雖然脫離了童話感覺，也帶有異國情調，引存在主義或說實存哲學的思想家沙特在時代深淵的不快為詩的副題，大約一百行的詩篇，與甜美、酸質的哀愁調不同，有一種虛無主義表示存在感的憤懣。在戒嚴時期，在白色恐怖時代，或許這也是一種顧左右而言他，看似無意卻有識的聲音。

以一本《深淵》獲得不少於洛夫的掌聲，除了作品的條件，也有他後來在《幼獅文藝》、《聯合副刊》主持編務的條件，加上他不樹敵，多方交友，又致力於中國三十年代、四十年代新詩史料的收集、研究。鄉土論戰發生的一九七七年，看似要大整肅的時候，稍稍平息下來，瘂弦就在《聯合副刊》以「寶刀集」介紹許多跨越語言一代的台灣作家，與《創世紀》一些人在〈招魂祭〉風波後以《笠》是日本殖民地的攻訐，顯現了另一種處世態度。

更早之前，瘂弦曾在幼獅文藝社出版詩人陳千武譯介的《田村隆一詩文集》，這與台灣的許多詩人，在現代詩運動時，視野大多限於西方十九世紀末到二十世紀初的詩人，開闊多了。緣於瘂弦在美國愛荷華大學「文學寫作計畫」的經歷，他在《田村隆一詩文集》裡，有一篇〈田村隆一論詩〉，大力推介這位「戰後日本的代表詩人」。

《笠》的許多前輩詩人都早就譯介田村隆一和一些二〇一〇年代才在台灣被譯介的日本詩人作品。我也曾在一篇〈在沒有地圖的旅行中〉（收錄於《詩的異國心靈之旅》，聯合文學出版社）譯介田村隆一（一九二三～一九九八）這位瘂弦心儀的日本詩人一些作品，提到一九六〇年代末期瘂弦和田村隆一的對話，述及「田村隆一在那之後仍創作不斷，繼續出版十多冊詩集」，而瘂弦卻畫上詩創作的休止符。從美國愛荷華大學「文學寫作計畫」回來，瘂弦反而繼續成為編輯人和三十年代、四十年代中國新詩史的研究者，始終沒有回到白萩所說的他風華絕美的詩人之業。比起他在《創世紀》的同僚洛夫，比起白萩當年說是「方塊」的余光中不斷有新詩集推出，真正成了瘖瘂之弦。他那混合著胡琴、嗩吶、柳笛加一些大提琴的詩的鳴音，只能從他半世紀前留下的一冊詩集《深淵》去領會了。

——原載二〇一七年六月《文訊》第三八〇期

美麗的錯誤；啟蒙的路程

——從鄭愁予的〈錯誤〉談一談教科書選讀詩

鄭愁予（一九三三～）的名詩〈錯誤〉，自一九五〇年代末以來，就流傳在閱讀者群。提到鄭愁予，就讓人想到〈錯誤〉。彷彿鄭愁予就是〈錯誤〉，〈錯誤〉就是鄭愁予。經過半個多世紀，膾炙人口的〈錯誤〉，仍然被傳誦。

一九五〇年代末，出身《現代詩》，也加盟過「現代派」的鄭愁予，並未蒙上現代主義被詬病的諸問題，而能以〈錯誤〉及許多洋溢古典中文詩歌語境的作品卓然獨立，受到喜愛。鄭愁予經常自述他的西方技巧，但古典中文詩歌的語境就是古典中文詩歌的語境，掩蓋過他自述的技巧的西方性。

印象裡，鄭愁予曾提及〈錯誤〉原是一首在刊出時漏植了後半段的作品。這個美麗的錯誤，似乎因〈錯誤〉的流傳而不重要了。現在，也不只現在，在詩史流傳的〈錯誤〉是一首九行詩。這是鄭愁予和閱讀者認知的存在。

〈錯誤〉

我打江南走過

那等在季節裡的容顏如蓮花的開落

東風不來，三月的柳絮不飛
你底心如小小的寂寞的城
恰若青石的街道向晚
跫音不響，三月的春帷不揭
你底心是小小的窗扉緊掩

我達達的馬蹄是美麗的錯誤
我不是歸人，是個過客……

這首詩，我是這樣讀的：我——敘述者記述一段行經中國江南小城的回憶。時間是春天三月，小城的地面鋪著石板，馬車經過時會發出達達的馬蹄敲響路面的聲音，敘述者以蓮花的開落形容其景致。安靜的小城，因為無風吹拂，因而柳絮不飛，春帷不揭。那安靜就像黃昏時鋪了青石的街道，因沒有行人，聽不見腳步聲，而春帷也未拉開，對應的是連續出現的「你」也緊掩的心。我是敘述的作者，「你」則是不知名的存在，可以臆想為女性——這是閱讀者可以延伸的想像，「我達達的馬蹄是美麗的錯誤／我不是歸人，是個過客……」以一種浪人或俠客意味的結尾，似乎留下美麗的註解，讓人想像。

被閱讀延伸的詩情

鄭愁予自述〈錯誤〉的來由，是他少小時在中國南京附近的經歷。中國的八年抗戰是時空背景，從南方跟家人北返的鄭愁予，因鐵路受到戰火破壞，搭乘一段馬車路程，行經一個小城時，留下這段記憶。一段敘事，成為某種被閱讀延伸的詩情。而以情詩解讀應是語詞風格和語境調性造成的——許多閱讀者參與了書寫，自行書寫，擴大了行句沒有的指謂。

〈錯誤〉是一首詩意盎然的詩，在中文現代詩因為現代主義風潮的一些偏失造成的不可閱讀性而普受質疑的狀況下，成為一種特異的存在。因為古典情境，一種仍固守在古典詩歌調性、品味，使得這首詩脫穎而出。加上被引介、被延伸敘述，更因為高中國語文教科書的廣泛收錄，流傳在許多人的閱讀經驗中。

現在依「九五課綱」編定並經審核通過的高中國文課本，鄭愁予的〈錯誤〉出現在三民、康熙、翰林、龍騰的版本，另外南一選錄的是鄭愁予的〈天窗〉。鄭愁予的詩是台灣高中生必讀的作品，是高中國文教科書編選者的最愛，顯示了台灣高中國語文教育的走向。〈錯誤〉幾乎成為共識，顯見這首詩在國文教師（或說編選者）的偏好程度。其實，〈天窗〉比起〈錯誤〉，應該更適合作為高中生的語文教材。

〈錯誤〉和〈天窗〉都是台灣許多寫詩的朋友們在出發之途熟悉的詩，後者透過傳統屋宇天窗呈現的景象，這首詩的描景、寫意和豐富的抒情性，無須過多延伸的詮釋。〈錯誤〉的語文教學則常見閨怨、情詩的過多詮釋，而且這種詮釋對高中生國文教學無益。

鄭愁予自述的〈錯誤〉背景，可以是詩人的故事，但〈錯誤〉的行句裡，並沒有提供現在許多國文教師詮釋這首詩時的想像。如果，講解〈錯誤〉時配合鄭愁予的經驗敘述，則另當別論。這也比講究修辭學詮釋的刻板國語文教學要好得多。

以〈錯誤〉來概括鄭愁予，並且在高中國文課本普遍作為教材，顯示二戰後台灣以中文作為國語文，在語文教育上的墨守古典情境現象。即使放在從中國流亡到台灣的文化意識和政治氛圍，都不是那麼適當。這要教給學生什麼呢？新詩或說現代詩的古典餘緒或古典之美？教科書裡不是已容納太多古典了嗎？二戰後，中華民國在台灣不是一面經歷失去家國，一面想要革新自己的國體嗎？作為國民人格和語格養成的高中國文教科書，選擇鄭愁予作品時難道沒有其他更適當的文本嗎？

譬如鄭愁予因為登山，熟悉山嶽；因為登山，在台灣留下許多地景的觀照，從北到南，許多城市的景致留存在他的詩裡，許多山嶽也留存在他的詩裡。〈錯誤〉確實是一首韻味十足，可吟可誦的詩；但是，放在高中國文教科書裡，並不那麼合適。高中國文教師在講授〈錯誤〉時，延伸的許多詮釋是過度裝飾。人云亦云，傳頌了錯誤的詩情。閱讀的效應並非完全出自文本，而是自行添加的。為了鞏固這首名詩，加油添醋、擦脂抹粉，硬是搭建出〈錯誤〉的碉堡。

國民詩歌應轉重視人格教養

台灣的國語文教育被綑綁在文言古典調性，為人詬病，新文學的選本也沒有看到革新的方向，鄭愁予明明有許多可以選來作為教材的詩，卻偏偏執意於〈錯誤〉的神話，像瞎子摸象一樣，以錯讀、誤讀教導學生一些閨怨、一些情愫，要啟蒙的到底是什麼？

相對於台灣高中國文課本普遍選讀鄭愁予的〈錯誤〉，我想到日本詩人高村光太郎（一八八三～一九五六）一首已成為國民詩歌，被廣泛選為中學國文教材的〈路程〉，感受到兩國間國語文教學的差異，台灣似乎相對較不重視國民人格養成的文化意味。

〈路程〉　高村光太郎

在我前面沒有路
在我後面路已成形
啊啊　自然啊
父親

使我能自主的偉大父親
不要放棄呵護我吧
不斷添加父親的氣魄給我吧
為了遙遠的路程
為了遙遠的路程

李敏勇譯

這首詩是兒子對父親的傾訴，意味著人生之路的指引與傳承。它喻示著人生面對的廣闊之境，而父親的氣魄被期待為走上自主之路的指針。人生之路是遙遠路程，父親的呵護和氣魄的添加是走上遙遠人生之路的力量。

〈路程〉不只在中學生國文課本被選讀，並成為國民詩歌深入日本人的腦海。一九七〇年代，日本航空因應日本經濟成長，以日本青年學生海外旅行的拓展，企畫了「從〇出發」的系列廣告，在報紙、雜誌、電視、電車車廂廣告刊登或播出，廣告引用高村光太郎的〈路程〉，「從〇出發」意謂著從原點出發的一種開創精神，鼓勵日本的大學生在大學畢業要踏上社會之際，搭乘日本航空到世界旅行，開拓視野。這廣告表現了詩與生活的巧妙結合，反映出日本社會的文化視野。

台灣的高中國文教科書應該也要有選詩，可以因為意涵的適切在類似的廣告被應用。語文的教育與知識的啟蒙在每個國家都有共同的課題，選讀的詩歌考量到教育的需要，具有教養和啟示應該是重要的條件。日本詩人小海永二主編的《日本の名詩》，以日本國民為閱讀對象，收錄的詩歌溯自明治，以至大正、昭和……在編選上用心地分輯，從「季節」、「自然」、「愛」、「人生」、「生活」、「人間」、「戰爭與和平」、「日本與日本人」、「思想、文明、宗教」、「詩的實驗性」十個大分輯，其中還有許多小分輯，把日本詩人作品和日本國民的閱讀連結起來。台灣的高中國文教科書在選編詩歌作品時也應該有這樣的認識，要從教育、本國語文教育與國民人格養成的觀點來選讀。並不是鄭愁予的詩不適合選讀於高中國文教科書，而是應選讀鄭愁予的哪些詩。國文教科書畢竟是語文教育——牽涉到國民人格的養成，兼具知識與教養的課題。

——原載二〇一七年二月《文訊》第三七六期

下卷　跨越語言的詩人

有父親香味的詩的泥土，有母親香味的詩的泥土

——呼喚故鄉，堅守苦節的巫永福

巫永福（一九一三～二〇〇八）詩作品出現在戰後的台灣詩壇應該是一九七一年，他五十九歲時，發表於《笠》第四十二期（一九七一年四月號）的「故鄉抒情」詩輯，包括〈故鄉〉、〈泥土〉、〈沉默〉、〈永眠在菩提山的母親〉。這是他參與日本東京一份短歌月刊誌的台北支部月會，結識吳瀛濤、陳秀喜而促成他參加《笠》為同仁後的事。之前幾年，他參加《笠》的「作品合評」，時間是一九六七年九月，記錄發表於《笠》第二十一期（一九六七年十月號），跨越語言一代的他，幾乎中斷了文學活動二十年以上。

那時際，《笠》的許多戰後世代二十歲我輩已經登場。面對父執輩的詹冰、陳千武、錦連、林亨泰……，兄長輩的趙天儀、白萩、李魁賢……，巫永福是與參與《笠》創辦的吳瀛濤同為一九一〇世代，但他不似吳瀛濤曾在太平洋戰爭期間在香港居留過，並修習了中文，戰後擔任過通譯工作。語言的困頓，形成他文學的空白期。一個曾經在二十歲時，堅拒父命，不讀醫科而考入明治大學文藝科，並參與「台灣藝術研究會」創設與《福爾摩沙》文藝雜誌創刊的一九一〇世代台灣人，在戰後台灣詩史的出發期無法到位，晚於一九二〇世代和一九三〇世代，跨越語言的台灣詩人的歷史際遇和時代情境，大部分於一九六〇年代登場，而必須和

一九四〇世代一樣，在一九七〇年代登場，而且在語言的困頓下顛沛地行走在文學之路。

泥土有埋葬父親和母親的香味

「故鄉抒情」的幾首詩，流露著某種鄉愁。其中的〈泥土〉以父親和母親之喻，有香味與血汗，在植根之樹的枯葉與嫩葉散發，賦予生命的死生。這首詩，於一九八一年八月在《笠》的合評以〈巫永福的泥土與吳晟的泥土〉比較討論，刊載於《笠》第一〇四期（一九八一年八月號）。

〈泥土〉

泥土有埋葬父親的香味
泥土有埋葬母親的香味
飄過竹叢　落葉亮著
向那光的斜線　鳥飛去
潮濕的泥土發出微微的芳香

寒冷的泥土發出淺春的芳香
閃耀於枯葉的光底呼吸裡
鮮新而豐盈的嫩葉　亮著

微風也匿藏著溫暖
雲也打來春的訊息

嫩葉有父親血汗的香味
嫩葉有母親血汗的香味

巫永福的〈泥土〉與吳晟的〈泥土〉相互比較，一位是一九一〇世代詩人，一位是一九四〇世代詩人。巫永福長於吳晟約三十歲。巫永福以泥土喻生命的死與生，兼及父母、自然，吳晟以母親的農事喻泥土的關聯。巫永福用意象，吳晟用事件，各異其趣，都是生活的寫照。合評中似乎對巫永福的〈泥土〉有較多讚賞。一九七七年鄉土文學論戰發生時，余光中曾經以「新鄉土詩的起點」稱吳晟，視其作品為鄉土詩的新亮點。這有余光中定義鄉土文學的立場，兼及批評「工農兵文學」的相對喻示；在余光中心目中，吳晟的詩的鄉土性不是他以〈狼來了〉警示的工農兵中的農民性：某種紅色警戒。其實，余光中在鄉土文學論戰中的批評對象陳映真，也對吳晟的作品稱譽有加，一右一左的讚譽，顯示吳晟作品的共容性。若再以「創世紀詩社」後來為吳望堯提供獎金出面主辦的「中國現代詩獎」頒予吳晟，也顯現了另一種對戰後台灣現代詩發展方向的取捨性。吳晟以具有某種《藍星》性格，又無特別詩社屬性，常吐露不屬於各詩社而未受眷顧，其實不然。反而因此而有一種特別的光環，也說不定！吳晟對《笠》合評，比較他與巫永福的〈泥土〉曾有些抱怨，有些在意。其實兩位不同世代台灣詩人的經歷、文學教養都不一樣，風格也不同。

一九七一年再登上台灣現代詩壇，巫永福的某些作品應是從日文譯介為中文，與後來他以通行中文寫作的詩不盡一樣。他在一九三〇年代發表於《台灣文藝》的詩，後來部分也由陳千武譯介為中文發表，一樣充滿故鄉之憶、故土之情。這與他十七歲台中一中尚未畢業，一九二九年就轉學到日本名古屋第五中學，後來在二十歲時進入東京明治大學文藝科就讀的離鄉經歷，應有關連。

日治時期參與文藝活動、文化運動

參與台灣的文藝活動，參加文化運動的巫永福，在明治大學文藝科師長橫光利一、小林秀雄等人薰陶下，他不只發表了包括〈首與體〉（一九三三）等多篇小說，也有未發表的詩。以

《托斯妥也夫斯基論》為畢業論文的巫永福，因為之前父親去世，未居留在日本，一九三五年，二十三歲時，改入台中的台灣新聞社社會部當記者，並繼續在《台灣文藝》發表多篇小說。一九三六年，發生「祖國事件」，日人毆打林獻堂，巫永福寫了〈祖國〉、〈孤兒之戀〉等詩，這些詩後來在一九七〇年代也譯介為中文發表。鄉土文學論戰的時際，被在台灣的一些附和中華民族主義者引用為祖國意識，刻意忽略時空差距。

〈祖國〉

未曾見過的祖國
隔著海似近似遠
夢見　在書上看見的祖國
⋯⋯
住在我胸脯裡的影子
在我心裡反響
呀！是祖國喚我呢
　或是我喚祖國？
⋯⋯（略三節十六行）

戰敗了就送我們去寄養
……
祖國不覺得羞恥嗎
祖國在海那邊
祖國在眼眸裡
……（略一節，六行）

陳千武譯

被日本殖民統治時期，巫永福是有祖國意識的。但一九三〇年代的這種感情，在戰後經歷二二八事件、白色恐怖、戒嚴時期，是有所醒覺有所改變。不附和日本殖民的巫永福，有一首詩〈愛〉，是一九四〇年代初面對皇民化運動時的作品，短短幾行，流露一個台灣詩人的抵抗心，這首也反映戰後他的心。

〈愛〉
父母未曾說過愛我
但我領悟父母的愛

你每次都說愛我
你的愛卻無法領受
你想征服我把愛說成一視同仁
我知你的花言巧語含有虛偽
你想擁有我底心情
但我的心常受騙已成了石頭

陳千武譯

巫永福有一幅書帖《苦節》，取竹子有節喻示氣節，他是有骨氣的台灣人。一九四一年，他與張文環、黃得時、陳逸松、王井泉等《台灣文學》同人一起造訪台南鹽分地帶詩人，在吳新堂設宴接待的歡迎餐會，揮毫留下這幅字，蒼勁有力，也流露他的心境。以父母之愛對比殖民統治權力的「你」，相對之下的真假、正反、實虛，訴說一種抵抗的態度，以石頭的心喻示自己的立場，更是鏗鏘有力。以〈愛〉喻示被日本殖民的抵抗心，對照〈祖國〉的連帶感和怨懟，這樣的心思也流露在〈孤兒之戀〉這首詩的行句。

亡國的悲哀　被日人
謾罵為清國奴的憤怒

把它埋入苦苓樹下算了呢
但花香的風溶化不掉了
（略三十三行）
祖先辛苦經營到今日的悲哀
在遙遠的海浪的黑潮中
只要有一點點光亮
就好了

——〈孤兒之戀〉（陳千武譯）

從〈泥土〉、〈祖國〉、〈愛〉和〈孤兒之戀〉這些一九七〇年代初重新登場在《笠》的作品，日文譯介為中文，鮮明地呈顯一位跨越兩種語文、兩個國度的台灣詩人的心境，在日治時期以小說為主兼及文化藝術運動的巫永福，他矢志投入的人生，反映在他捨醫科進入明治大學文藝科的決意，他親慕許多日本文藝理論家、小說家、詩人的薰陶，卻因為時代、國度、語文的轉換，而走上顛沛之路。

聚焦在故鄉，投影中央山脈

一九三五年，從明治大學文藝科畢業的巫永福，回到台灣，以記者身分進入社會。在南投埔里的世家家庭，父親過世後，幫助家業，一方面參與台灣知識文化界的活動，一方面參與企業經營。終戰後，他協助陳炘成立大公企業；戰前台灣的文化界與社會運動領域以及財經界關係密切，巫永福是一個例子。戰後，文化界、社會運動領域以及財經界許多精英在二二八事件後遇害，跨越語言跨越國度的台灣作家沉寂於文壇。巫永福曾協助無黨派律師楊基先競選台中市長成功，並擔任機要祕書，任內協助東海大學在台中大度山的設立；也協助無黨派的張深鑐競選台中市長未成。離開政界的巫永福先後在中國化學製藥，及新光產物保險參與公司經營，企業的經歷多於文化界的經歷。

與霧社事件的花岡二郎小學同窗，曾以日文寫詩悼念花岡一郎、花岡二郎兄弟，但不敢發表的巫永福，因終戰後國度轉換、語文轉換，一直到一九六六年，他五十四歲時在台北的日本短歌雜誌台北支部月會，才結識吳瀛濤、陳秀喜。次年，他參加黃靈芝主持的台北俳句會，由吳瀛濤、陳秀喜引薦加入《笠》為同仁。一九七一年，在《笠》發表從日文譯介為中文的一些作品，可以說是一個台灣詩人的再度登場，前後跨越了幾乎近三十年的空白期。

巫永福的戰後登場詩篇，有許多是戰前以日文寫作，戰後譯介為中文呈現的作品。一個二十幾歲的青年，在以日文發表了許多小說、詩及劇本後，三十多歲到近六十歲的人生是文學的空白期，之後才顛沛地重新踏上詩人之途。在鄉土文學論戰發生前的時際，看巫永福的一些登場作品，可以感知到不同於戰後普遍來自中國新文學運動的新詩氛圍，也有某種台灣本土新詩根源，或說不同於中國球根的台灣球根的意味，這就是一九六九年，陳千武在日譯本《華麗島詩集》（東京・若樹書局）序文〈台灣現代詩的歷史和詩人們〉揭示的兩個球根論的視野。巫永福的作品雖不像《風車》與「鹽分地帶」詩人群的集團性現代詩運動，但他的作品留下一個日治時期台灣詩人的心跡。

巫永福的詩的風土，立據在台灣的埔里。出身於埔里，成長於台中，在日本經歷大學生涯，戰前與戰後在台中、台北經歷他人生的這位跨國度、跨語言詩人，在企業及政治領域投入人生精華歲月。不只人生的故鄉與詩的故鄉交織、重疊，人生的故鄉其實也是他詩的根據與憧憬，他有許多作品投影於故鄉的風土，根植於故鄉的情境。對照他在〈泥土〉追索的父親與母親，故鄉成為他追索的連帶。

〈沉默〉

中央山脈的巒峰告訴我們
告訴我們故鄉城鎮的歷史
猶如守護者　悠悠然地

把城鎮造成之前　之後
長久歲月的愛情悲歡
城鎮角落的生死離別
激烈無比的爭鬥變遷
詳細地告訴我們　那巒峰
時而欣喜似地燃紅
時而瞭解似地點頭
時而哀傷似地消沉
也會打顫身心而憤怒
然而巒峰所知的太多
致過分勞累了
終於很美麗地沉默下來
以安逸的姿態橫臥下來

〈沉默〉寫的是中央山脈，以守護者看中央山脈。巫永福的詩對於生養我們的土地，有一種父母情。先民開拓台灣這塊土地時，城鎮發展的歷史有愛情悲歡、生死離別、爭鬥變遷。中央山脈的地理性，有它歷史性的經驗形跡。燃紅、點頭、消沉的擬人化姿態喻示著日出、日落、季節……等時間型態。它的沉默是夜晚的姿態，有一種美麗而安逸的情境。台灣的風土常在繪畫中呈現，其實也呈現在詩的行句。巫永福詩的地理風土，聚焦在他的故鄉、他的出生地，象徵台灣的心。

巫永福自一九七〇年代初，在《笠》發表詩作，先是透過陳千武的翻譯，後來自行以通行中文書寫。從日語跨越到中文，其實存在著某種困頓，並非那麼靈巧。一九一〇世代的吳瀛濤，因為戰前曾有香港的生活經歷與中文學習，與其相形之下，巫永福的通行中文似乎不盡得心應手，但他的故鄉風土流露的詩情，有某種台灣根源屬性。若一九七〇年代中期，新加坡大學關傑明批評戰後長時期台灣現代詩的無屬國屬地語境鑑照，巫永福一些以故鄉為中心的抒情是一種辯證，他的詩有故鄉泥土的意味、有父母的意味、有山城的意味、有中央山脈的意味、有埔里和日月潭的意味。這種意味既是連帶感，也是鄉愁。

歷史的脈搏，時代的影像

《笠》第一〇二期（一九八一年四月號）曾刊出拾虹、鄭炯明與我三人訪問巫永福的記錄〈歷史的脈搏，時代的影像〉。當時，巫永福已接下吳濁流一九七六年辭世後，《台灣文藝》發行人的位置，並於一九七九年設置巫永福評論獎。在一九八〇年第一屆頒予葉石濤（代表作品《台灣鄉土作家論集》）。在日治時期致力於文藝活動，投入文化運動，對評論極為重視的巫永福，以一己之力，不但彌補了吳濁流辭世後《台灣文藝》的發行人空缺，也在《笠》與《台灣文藝》共同建構的文學園地成為某種後盾。

巫永福在〈歷史的脈搏，時代的影像〉訪談中，曾述及語言轉換的問題。「中文寫作，對於我來說，仍有許多困境，常為辭不達意而苦惱，也為此虛擲許多時間，若先用日文處理，再轉換為中文，事實上也頗有困難。我們這一代人，這實在是一件悲哀的事。」一九八二年，遠景出版社以「光復前台灣文學全集」出版了包括詩、小說的十多冊日治時期台灣詩人、小說家作品，巫永福的〈春天和夏天〉、〈道士〉、〈在橋上〉、〈水仙花〉、〈蠹魚〉等一九三〇年代發表於《台灣文藝》的作品，也收錄其中。跨越語言的許多世代台灣詩人，作品被譯介為中文和台灣再度相遇，時代的挫折顯示出跨越語言世代比起跨海世代更困厄的一面；比起《笠》的一些出生於一九二〇年代的創辦人，巫永福的空白期較久，就像《風車》和「鹽分地帶」詩人群的被再發現，雖然在《笠》是一九六〇年代中期以後，但在鄉土文學論戰之前並未能正視。「鹽分地帶文藝營」是在一九七九年於台南佳里開設，是終戰後四十年才發生。「風車詩社」的形影以《日曜日式散步者》再現更晚於超過半世紀，甚至七十年。台灣現代詩史因為國度轉換，語言轉換的斷裂，可以想見！

巫永福自一九七〇年代初開始跨越日語到通行中文，在《笠》發表詩作，一直到二〇〇八年，他以九六之齡過世之前，作品不斷，似乎有一種從遺忘語言再重新鳴唱的詩之志。〈遺忘語言的鳥〉原是他的日文作品，對照他重新以通行中文出版的詩人之路，是他日治時期反思自已離開故鄉母土，在異地像飛離故土的心境，也有對自己與根源中斷的再省視。

〈遺忘語言的鳥〉

遺忘語言的鳥呀
也遺忘了啼鳴
趾高氣揚孤單地
飛啊　又飛啊
飛到太陽那樣高高在上

離開巢穴遠遠飛去
離開了父母兄弟姊妹
也遙遠地拋棄祖宗
能遠飛才心滿意足似的
像不知回歸的迷路孩子
固陋的心，遺忘了一切
遺忘了自己的精神習俗和倫理
遺忘了傳統表達的語言

鳥　已經不能歌唱了
什麼也不能歌唱了
被太陽燒焦舌尖了
傲慢的鳥
遺忘了語言
悲哀的鳥呀

陳千武譯

遺忘的語言是說遺忘了母語，這是相對於日語而說的。行句裡也有離開鄉土的風俗，在日本以殖民者的語言、或相對於台灣本土風格傳統的近現代文明所形成的新視野，而有意無意之間形成的驕傲的反省。但再對照戰後轉換為通行中文的另一種表達困境，巫永福的戰後詩歷程其實有一種困頓，他的矢志不懈以及畢竟無法盡心盡興，費力耕耘卻未必讓自己的詩情、詩想呈現在詩型，有他這一世代的苦悶與他在經歷的時代的無法言喻的悲哀。

生前留下《巫永福全集》（傳燈文化）堂堂二十四冊，巫永福的頑強文學生命力，令人敬佩。二〇一〇年，距他二〇〇八年離開人世兩年後，《巫永福精選集：詩卷、小說卷、評論卷》的出版，也為他文學人生留下見證。在以通行中文為主的戰後台灣文學界與詩壇，巫永福的詩也許不一定被正視，對跨越語言的歷史困境缺乏同情理解的評論視野，無法面對文學史或詩史的這種課題。跨海世代失去家園與故鄉的連帶，但持有語言的優勢，附和殖民統治權力形構某種流亡文學視野。而跨越語言世代，植根家園與本土，不盡能克服語言的障礙，但在野的抵抗性格留下時代見證。巫永福就是這樣的一位詩人，他在日治時期以日語形成的詩、小說，被戰前的台灣文學史描繪記錄，戰後的通行中文作品也有其獨特的位置，反映的是從被殖民到被類殖民統治的文學之心。他藉由巫永福文化基金會以及巫永福評論獎延伸的文學創作、文學評論與文化評論獎的位置，更顯示了一位跨越語言世代台灣詩人小說家的詩之志與文學心。

一九九〇年，我以《做為一個台灣作家》獲第十一屆巫永福評論獎，也讓我在文學與文化評論之路得到鼓勵。這是巫永福以一人之力形塑的感召力量，傳承自日治時期他那一代人的文學與文化精神，呈顯台灣本土的精神視野。

——原載二〇一九年一月《文訊》第三九九期

耕作了苦的人生，生產了愛的詩句

——在現實人間刻畫思想方程式的吳瀛濤

「耕作了苦的人生／生產了愛的詩句」出自詹冰悼念吳瀛濤（一九一六～一九七一）的一首詩〈詩國的農夫〉。同為《笠》創辦人的詹冰，在這首詩的開頭說：「脫下了笠／您休息了」。《笠》第四十六期（一九七一年十二月號），吳瀛濤的「追思特輯」，除了刊出他的「舊時代的詩篇——二〇、三〇年代的台灣風景」十二首，還有許多悼念文章，六十多頁篇幅記錄了台灣文學界對他的述懷。

卷首的一首詩，是吳瀛濤參加「現代詩展」的作品〈影子〉（一九六六年，藝術家黃華成、龍思良、黃永松、張照堂等人，自選喜愛的現代詩作品，經意象化展出。原定於西門町舉辦，後因情治單位有意見，被迫移台大校園傅鐘，再移活動中心草地展出）：

〈影子〉

被擊落的影子，
自閃耀的雲間墜下奈何的底層；
我知道，那是死

而且由直覺已熟悉它。

死，漫長的歲月換來一瞬終結，
不許嘗試的絕後的體驗，
它的來歷是現世的生，
它的去處是曠古的寂滅。

啊，死
壘壘的死屍，層層的骷髏，
終於化為烏有，歸於虛無的影；
而那影的領略，無時不追隨於身後。

為吳瀛濤畫像的是龍思良，他是《笠》第三年（第十三～十八期）六冊封面的設計者。吳瀛濤手寫的字跡，行句之間是死亡的影子。他記述的死是無時不追隨於身後，對那影子的領略。他的詩手跡與他的畫像，似乎對照著某種情境以及某種寂寥。

被困的生命之鳥

吳瀛濤一九三九年就開始詩的寫作，他先後在台北商業學校及台灣商工學校（現開南商工）北京語高等講習班畢業、結業，戰前即通曉日文、中文。一九三六年，即參與「台灣文藝聯盟」台北支部的成立，前身是日治時期大稻埕一家有名的包含酒肆和藝妲間的飯店「江山樓」，正是「台灣文藝聯盟」成員出入頻繁的場所；「台灣文藝協會」的主要人物郭秋生，甚至是總經理，耳濡目染更添文藝氣息。一九四二年，以小說〈藝妲〉在《台灣藝術》小說懸賞募集中獲選。

龍瑛宗記述他對吳瀛濤印象的〈最初與最後〉，引用了他在〈貝殼幻想曲〉的行句：「貝殼，被遺忘於沙灘」，以及〈影子〉的行句：「死，漫長的歲月換來一瞬終結」。文中提到戰前在日本總督府後面的府立圖書館看到的文藝青年吳瀛濤，而寫下了：「貝殼呦！雖被遺忘於沙灘，你曾否聽到那超越時間的恆遠的澎湃。」龍瑛宗說：「每次我在圖書館的時候，就發現一個年輕人也在那裡找書，個子矮小臉面蒼白的，好像性情內向，當時我不曉得他是誰？但是給我的印象是很深刻。」後來經人介紹才知道他是吳瀛濤，老早就在府立圖書館相識，只是未寒暄，未相告姓名。龍瑛宗也是吳瀛濤生病住進台大醫院，去探望他的文學界友人之一。

吳瀛濤在台大醫院等待開刀治療肺腫瘤時，寫了一首詩〈天空復活〉，用明信片抄寄給親友，詩裡流露一隻被困的生命之鳥對復活的期盼之心，這首詩和白萩悼念他的〈復活天空〉相對應，顯現了世代對話的情誼，也留下戰後台灣現代詩史，特別是《笠》精神史的見證篇章。

〈天空復活〉

臺大病室一〇六號
一隻生命之鳥被困在這裡

肺腫瘤
要開刀，要切除肺的一部分
不論瘤是良性，是惡性

被割開的胸膛
是一片晴朗的天空
是鳥曾走過去，又將要飛過去的輝煌境域

一九七一年三月
那隻生命之鳥復活了

那片永恆的青空復活了

吳瀛濤自喻為一隻鳥，把自己被開刀剖開的胸膛當作晴朗的天空。患了肺腫瘤的胸膛，在割開進行手術的復原療癒會讓天空復活，他並不絕望，他想要像一隻復活的生命之鳥，繼續走他的詩與民俗研究的文化、文學之路。他逝世後，白萩回應他的〈復活天空〉，帶入群鳥一起飛翔的意味，既是他個人的心意，也是《笠》的群體呼應。

〈復活天空——懷念前輩詩人吳瀛濤先生〉

你最末的詩說：
天空復活
而天空的復活是
由於鳥群不停的飛翔

在我們的行列中
突然失掉了你
回頭尋覓
你已埋身草叢

為了復活天空
甘願這樣地掉了一生

天末
涼風正刮來
請珍重上路
為了復活天空
我們的行列
將繼續不停地飛翔

白萩這首詩是參加吳瀛濤的告別式後寫的。一九五〇年代就與吳瀛濤訂交的白萩，認為吳瀛濤是台灣現代詩壇的先進者之一，雖然比起其他跨越日文、中文的跨越語言一代台灣詩人，他早有中文學習經驗，但仍在中文這種語文懷有時不我予的悲哀。在不停飛翔的行列中，他一生對詩的執著，讓人欽敬。吳瀛濤抱病參加《笠》在台北市舉行的第八年年會，辛苦上下四樓的會場。在《笠》詩史的前八年，吳瀛濤參與了創社、創刊，而且在《笠》的園地留下墾拓的行跡。

以〈天空復活〉，吳瀛濤在言說自己的詩之志，而〈復活天空〉則是群體意志與精神。從一隻鳥到鳥群，白萩把《笠》的整體與吳瀛濤的個人結合在一起。吳瀛濤「為了復活天空／甘願這樣地掉了一生」，但《笠》的同人們「為了復活天空／我們的行列／將繼續不停地飛翔」。某種意志與感情譜成的精神史篇章，應該是《笠》在一九七〇年代初期的見證。

吳瀛濤在《笠》跨越語言一代創辦人群中，有特殊的經歷。除了他在戰前即修習中文，就是他曾在一九四四年旅居香港，與當時也在香港的中國詩人戴望舒等有交往，也在香港以中文、日文發表詩作；從香港回台後，他曾任職台北帝大圖書館。戰後初期，他以通譜中文，在台灣行政長官公署擔任國語通譯。在文學之路，他並沒有時代轉換的真空期，一九四六年就兼任中、日文周報《中國周報》編輯，並在《中華日報》副刊發表中日文詩作及隨筆。在參與《笠》創社、創刊的一九六四年之前，他在《現代詩》、《藍星》、《創世紀》都有作品發表。

都市的詩情

吳瀛濤在《笠》創刊號（一九六四年六月號）即以〈瀛濤詩記〉發表詩史資料，揭示他從事創作三十年間（一九三〇年代～一九六〇年代）詩作的相關記憶，也發表了〈孤獨的詩章〉，都市的意味在〈孤獨的詩章〉三之二，這樣呈顯：

都市裡
灰塵的詩

都市裡
騷音的詩

都市裡
乾燥的詩

都市裡
窒息的詩

都市裡
倦厭的詩

都市裡
孤獨的詩

他不是僅僅附庸風雅，在美文的修辭裡玩味的詩人。不只都市的意味出現在他作品裡，科學的探究和哲學的沉思也都是他咀嚼、思索的課題。《笠》的第二期，林亨泰執筆的「笠下影」就是他。不同於一般詩人，他的詩觀也有獨特的意味，對照推介作品，有他獨特的存在——一種在現實人間刻畫思想方程式的詩風景。

1.最初而也是最後的，最渺小而也是最龐大的，物質中之物質，生命中之生命，人工的最高峰，人類智慧的極深奧——這就是原子，原子的領域，同時也就是新世紀的詩的領域。

2.物質原子是一種導機，然而不能當為偶像，它只象徵與它相同質度的某種精神動力，實是無數同心圓的中心而已。

3.是一假稱，從未定名，是原子的一種，詩是它的方式。……而假如，未知的生滅成宇宙，我說：我的詩群將不泯滅。

——〈笠下影：吳瀛濤詩觀〉

對映他自述詩觀的作品，有觀念的構成，有哲學的思維。

〈存在〉

影　還是在背後
光　還是在前面
——如是　我們不失為其中心
　　不失為其存在的存在

〈峽谷〉

枯葉的手按在瞑目的額上
支持頭腦的重量以及生成的思想
心的奧處是幽暗沉默的峽谷
過去與未來的懸崖使現在孤立
生命卻在這裡閃爍火花掀開漩紋

林亨泰說吳瀛濤「為數頗豐的詩作裡，大多試圖從『沙粒中觀宇宙，野花裡見天堂』（勃萊克William Blake〈無染的占象〉），他創作的方法，是從凝視一個事實作為出發點，並藉著思惟的作用，逐漸將之提煉成為一個宇宙，或一個天堂。不過，所謂一個事實，未必只限於『沙粒』或『野花』等自然界的物體，他更喜愛取材於『存在』、『時間』等思索性問題，或許可以這麼說，他常愛為了『思惟』，而思惟地借用了詩的形式。不過，思惟的作用雖然能夠使他的詩凝結為一個宇宙（或一個天堂），但一方面，同樣的思惟的作用，也使他的詩映影固定在一點不動。因此，這頗有在觀念上『模型』（Pattern）化的傾向。於是，他有時也為了擺脫『模型』而努力，此時的詩委實有一種不可名狀的味道……」

充滿詩素的詩人

林亨泰在論及吳瀛濤時，點出了他詩的特徵，但對於吳瀛濤一直不懈寫作表示了敬意，他以「詩又非『詩篇』（poem——即文字表現後的）假如也意味著『詩素』（poetry——即指精神狀態中的）的話，詩人這種愛詩的熱情值得我們欽佩吧。」吳瀛濤確實是一個充滿詩素（poetry）的詩人，他刻畫思想的方程式，在《笠》創辦人群中的跨越語言一代有其獨特位置，而且是一個前輩。有些詩評家在論及《笠》時，似乎輕率地把這一群體當作鐵板一塊，動輒「鄉土」或「新即物主義」，存在著偏見、盲點，或者說是惡意，是無視於真實狀況的。

《笠》第四期（一九六四年十二月號），吳瀛濤的〈日本現代詩史〉將一八八二年（明治十五年）走出漢詩體《新體詩抄》的出版，一九〇七年（明治四十年）口語化自由詩的發展，視為第一、第二次日本詩的革命；他更以明治至大正初期「民主主義思潮」與「藝術至上主義思潮」的洗禮，以及浪漫主義與象徵主義的影響對日本現代詩基本骨格形成後的演變；以至大正後半期第一次世界大戰後的不景氣和社會不安醞釀社會主義思潮、形成新興藝術導致藝術至上主義和社會現實主義對抗，這一現代詩的再蛻變，以及詩精神的無時不去摸索導向《詩與詩論》為代表的新運動，對春山行夫強調純粹性，把詩自社會、政治，或其他一切思想觀念的束縛解放，以知性去表現純粹，既不滿象徵主義，又絕望於民眾派的空虛喊聲，更不贊成社會主義，有所敘述；再以二戰結束，戰敗國日本的詩人從暗澹的現實開始寫詩，兼具「對人間存在的疑惑及對新的人間性追求意識」的新視野，作為戰後日本現代詩的真正基礎。

吳瀛濤應該是在日本現代詩史意味的變遷中走在他詩人之路的。戰後的台灣，結束被日本殖民統治，走向中國時代。但他的詩視野、思想視野，對於日本的戰後詩，分別立據在《歷程》、《日本未來派》、《荒地》、《時間》、《列島》、《VOU》以及其他詩刊的動向，有廣泛的了解。這樣的敘述和描繪，對於台灣的詩人們應該極具意義。不只這樣，吳瀛濤更自《笠》第六期（一九六五年四月號），發表他編譯的《現代詩用語辭典》，提供給無詩學時代台灣詩人們關於現代詩的知識，一種百科全書式的文化教養。我與吳瀛濤見面機會不多，他辭世前，我人在台中，只在《笠》的聚會相遇，也只和他通過一次信，但一九六〇年代末加入《笠》後，從創刊以來的年度合訂本，翻閱他的詩、詩論、譯介、詩史敘述，得到不少教益。撫按他在世末年簽名贈予的《吳瀛濤詩集》，常有詩人歐吉桑不再的感觸。在吳瀛濤的「追思特輯」，當年二十四歲的我，也以「傅敏」的筆名，發表了〈看吳瀛濤先生的幾首詩〉紀念他。我從他《青春》、《生活》、《都市》、《風景》、《瞑想》、《陽光》，挑選〈空白〉、〈峽谷〉、〈四月的Image〉、〈輓歌三章〉談了我的閱讀感想以及對他的印象。

晚於在台南府城「風車詩社」超現實主義詩人群；也晚於在台南濱海縣分「鹽分地帶」現實主義詩人群；吳瀛濤也不像台灣中部從《緣草》到《潮流》的「銀鈴會」這一稍晚約十歲代的張彥勳、詹冰、林亨泰、錦連，他是日治時期在台北走上詩文學之路的。但吳瀛濤與張彥勳、詹冰、林亨泰、錦連都是《笠》的創辦人。吳瀛濤〈天空復活〉裡的鳥，和白萩〈復活天空〉的鳥群，意味的就是戰後台灣現代詩史的個人性和群體性況味。詩的精神史見證印記在個人和團體之間，詩的運動常常是文化運動，也是社會運動。

《笠》自一九六四年六月創社、創刊，已超過半世紀，走在第五十四年的路上。在《笠》第八年即從群鳥行列離開的吳瀛濤，應該是某種典範。他投入《笠》時，參與多、貢獻多，留下許多篇章。印象裡，他矮小的身影、紳士的形態，對詩持有他此生不渝的熱情。在國度轉換，語言變遷的際遇裡，詩應該是他的救贖，他對之有寄望，也寄望新起的詩人們。他的《現代詩用語辭典》以及對台灣和日本詩史的描述，都是為了提供新起詩人們養分，我就是受惠者之一。回想他的形影，對照龍思良手繪的他的頭像，一種詩意的神情、交織著熱情與冷寂。

倡議創立《笠》

陳千武在追憶吳瀛濤、以〈笠與吳瀛濤先生〉為題致瀛濤兄的一封信，提及《笠》詩刊的創刊最初是吳瀛濤提起的。一九六〇年，在台北的一次詩人聯誼活動後，一群詩人到華陰街的吳家，從此，每次兩人通信都提到創辦詩刊的事。一九六四年春，《台灣文藝》籌備出刊，又興起此議，才在三月八日群集卓蘭詹冰家召開《笠》成立籌備會，而於六月十五日創刊。陳千武還提到吳瀛濤常回顧過去說：「日治時代，不能在政壇上得到地位的台灣人，百分之九十九都志願當醫生、做律師，只想發大財、想獲得大量的物質財產傳給子孫，很少有人考慮到應該多把精神的文化遺產傳給子孫，使後代有機會發揚不滅的智慧。在台灣的有錢人儘管有錢，不愁街上沒有圖書館；十分表露弱者的不爭氣，而這種不爭氣竟變成了習慣遺傳下來，迄今無法完全掙脫。」陳千武說，這種悲哀敦促吳瀛濤熱衷於文化的建設，而耽溺於詩文學，不斷地埋頭，從事精神的活動。

一段陳千武引述的吳瀛濤話語，深深印記在我腦海：「我最後一次訪問您的時候，您說，啄木鳥棲在我的胸部，正在啄食我的心臟。實在沒有想到今天會有這種阻礙，曾經只想多寫一點東西，拚命地寫。現在只好聽由天命……」這段話語，常使我想到《笠》從一九一〇、一九二〇、一九三〇、一九四〇世代到現在已有一九八〇、一九九〇世代，當初的精神指標還在嗎？跨越語言一代經歷了日治時代到中國時代，在歷史的困厄中突破語言的障礙，在顛沛之路再出發，繼起世代的詩人們懷著什麼志向，又如何追尋？

曾經對戰後這一時代作過這樣的論斷：「戰後，由於舊秩序的崩潰、舊時代的解體，被稱為破滅的年代，而處於這破碎的年代，指向著不可視的應有的，甚至或屬於未知的原型和探索，這一時代的詩人是苦悶的。」但又說：「詩人原有信心，要有愛，要有強烈的生命。詩人不應該被戰後的虛無和混亂扼殺。是的，詩人要負起重新開拓的使命。」吳瀛濤不只在詩的領域探索，他也致力於台灣民俗的研究，留下多冊有關台灣民俗的書冊。他是一個文學人的典型，終其一生浸染在思考與想像的意義世界。從二十歲的文藝青年，參加「台灣文藝聯盟」為發起人，經歷日本和中國的政權，都在文學之路穿梭，一九七〇年即出版《吳瀛濤詩集》（六卷），也彙編出版了《台灣民俗》。他曾對王詩琅吐露，自己的寫作算是告一段落。

他的詩人和民俗學家的位置，甚至包括他兼及的詩話、詩史、翻譯……形成某種據點，就如他一首詩呈現的：

〈據點〉

一個據點　一個人間
一個人間　一個思想
據點與據點的距離
人間與人間的距離
思想與思想的距離
劃出經度與緯度
確定固有的位置

——原載二〇一九年一月《文訊》第三九九期

綠血球在美的自然奔跑，紅血球在愛的人間奔跑

——造型家而非批評者詹冰

詹冰（一九二一～二〇〇四）是跨越語言一代台灣詩人中，與陳千武、林亨泰、錦連、陳秀喜、杜潘芳格一樣，經常被提及的名字。他與陳千武同年出生，兩人更是日治時期台中一中的同級校友，而且中學時代就愛上文學，寫作詩歌。他在一九四〇年代留學日本，就讀於明治藥專時，就以〈五月〉這首詩獲得著名詩人堀口大學的推薦，發表於詩誌《若草》。〈在溢民村〉、〈少女的日記〉和〈思慕〉三首詩，也獲推薦發表於同樣的刊物。一九四四年，從明治藥專畢業回台時，經歷四十天的死亡航行，在美軍攻打沖繩群島前夕的那次旅程經驗就留在他的一首詩〈船載著墓地航行〉。

戰後，一九四八年，詹冰加入張彥勳主導的「銀鈴會」，林亨泰、錦連等都是成員，在《潮流》發表日文詩作。一九四九年，師大前身的師範學院「四六事件」，「銀鈴會」解散，《潮流》停刊，日文作品無園地。中文尚未熟習，文學之業停滯。一九五〇年代中期，他在卓蘭初中擔任理化教師，認真學習中文，一方面也經營西藥房。這時際，又開始以中文在報章雜誌發表詩、小說，再續文學之路，並參與了《笠》的創社、創刊，成為十二位創辦人之一。他與陳千武、林亨泰、錦連的再集合，標示著跨越語言一代台灣詩人突破禁忌、困境的重新出

發，此時他們都是四十歲世代詩人。

一手拿試管，一手翻閱詩篇

詹冰在《笠》第二期（一九六四年八月號），以〈我的詩歷〉詳述他的中學時代和留學時代以及回鄉以後。在結語以「詩人的使命是創造獨特的，前人未踏的詩的美的世界，現在的我還在其途上摸索、徬徨。雖然有二十多年的詩歷，但其中占有近於十年的空白時代……所以新詩的作品不到四百篇。我想近日中選出愛好的詩百篇（實際收錄五十首），付印我的第一詩集《綠血球》。」他的中學時代棄和歌而愛俳句，說這種高度濃縮過的詩，投其所好，也影響他的新詩風格。留學東京為走文科、理科之路煩惱，以〈二十歲時的日記〉詳述心情變遷，遵父之命。含著眼淚棄文而考入明治藥專，但一手拿試管，一手翻閱詩集。經中學同學陳千武鼓勵，把日文詩作譯為中文，並開始以中文寫作。

我是在一九六〇年代末期，加入《笠》為同仁後，在台中初識詹冰，常於《笠》的聚會場合親炙跨越語言一代創辦人群啟蒙的話語，對於特殊歷史構造下的台灣現代詩文學有了自己的觀照視野。我常說我的「詩人學校」就是這樣的啟蒙際遇。對於詹冰、陳千武、林亨泰、錦連……我有特別的淵源，也有特別的認識，才以水、火、木、土，定位他們四位。詹冰和陳千武，以水與火對映，兩人個性極為不同，風格亦異。

《笠》第一期創刊號（一九六四年六月號），林亨泰執筆的專欄〈笠下影〉，就介紹了詹冰的詩觀：

> 一、詩人如小鳥任憑自然流露的情緒來歌唱的時代已過去；現代的詩人應將情緒予以解體分析後，再以新的秩序和型態構成詩，創造獨特的世界。因之詩人該習得現代各部門的學識和教養，傾注其所有的知性來寫詩。
>
> 二、我的詩作可以說是一種知性的活動。簡言之，我的詩法是「計算」。我計算心象的鮮度。計算語言的重量。計算詩感的濃度。計算造型的效率。以及計算秩序的完美。最後的目標是要創造前人未踏的詩的美的世界。

知性以及計算，詹冰以此來追尋、建構詩，形成了他獨特的詩風景。或許，受到俳句的影響，講求在十七音構成的日本短詩；或許，也因為他藥學的理科基礎，不流於自然宣洩式的感情排解。詹冰講究造型的原理，有構成的法則。然而，他是抒情的，而非批評的。以他初登戰前日本詩壇的作品〈五月〉為例，就可以看出他的視野。

〈五月〉

五月，

透明的血管中，
綠血球在游泳著——
五月就是這樣的生物。

五月是以裸體走路。
在丘陵，以金毛呼吸。
在曠野，以銀光歌唱。
然而，五月不眠地走路。

〈五月〉描述的是春天。血管、血球都是在藥專求學的詹冰的語彙條件。他以生物狀態描寫春天的光景，將之生物化，綠色的草、綠色的葉在萌芽，在成長，彷彿「綠血球」——這是詹冰創造的，正與人、獸的「紅色球」對應。他把春天生物化，因而有這樣的想像。金毛、銀光，可以說是日光和月光，春天的花草樹木在滋生，不眠不休地走路，詹冰這種造型的原理，在科學性條件上塑造了可欣賞性，有西方繪畫的構成原理。

感性的體驗，知性的計算

《綠血球》這本詩集，分為「綠血球」和「紅血球」兩部分。在我心目中，這些一九四〇年代到一九六〇年代的詩，是詹冰詩人之業的最重要部分。他的詩的重量和亮光並不在一九七〇年代以後仍持續不輟的作品，而在於他前半生，特別是跨越戰前、戰後的生涯。是跨越語言的斷崖帶來的困境？或戰後的歷史際遇和時代情境？《綠血球》裡的作品，似已完成了造型家而非批評者詹冰的詩人位置。他以綠血球在美的自然奔跑，以紅血球在愛的人間奔跑，留下的詩風景，讓他的詩人位置閃閃發亮。

感性的體驗加上知性的計算，是詹冰以《綠血球》建立詩人地位的條件。在這一意義上，他是現代主義的信奉者，比起林亨泰、錦連曾有的成分，或許更強烈。但他不是言之無物的形式主義者，不流於晦澀化。一九六〇年代，《笠》創刊初期即發表的〈淚珠的〉、〈水牛圖〉、〈三角形〉……並不是他最早的圖像詩，二戰前後的作品收錄在第一本詩集《綠血球》裡，就至少有〈雨〉、〈Affair〉、〈自畫像〉……顯示了現代主義者的性格，也流露一種機智。

1 田

2 男 女

3 男 女

4 男 女

5 男 女

6 男 女

7 男 女

——〈Affair〉

——〈自畫像〉

〈Affair〉以男女對應的不同面向，敘述了一段情事。沒有任何形容詞，或動詞，但描述了一段劇情，像一首電影詩，令人莞爾。〈自畫像〉以一雙輪圓形，區隔八個象限，上方十二個「星」字，下方十二個「花」，意味天上的繁星、人間的百花，而在中心的「淚」，意味的是「我」是自己。這是知性的計算，卻達到感性的內容，讓人回味無窮。〈自畫像〉後來演變成另一首詩〈墓誌銘〉：

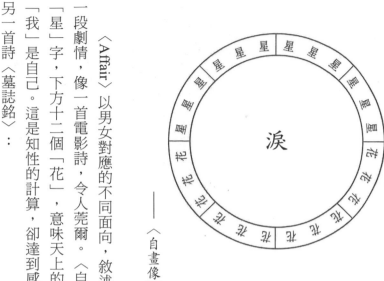

他的遺產目錄裡
有花
有星
又有淚

一首詩，兩種表現形式。這首詩呈現的是詹冰的詩人性（內容），也呈顯了他的作品性（形式）。跨越語言，不免在通行中文感到缺憾的詹冰，不任意揮霍語文，他相當節制嚴謹。把他的圖像詩放在戰後以通行中文呈現的現代詩運動中的一些圖像詩，即使與常被引述的白萩作品〈流浪者〉，也有獨特亮光。林亨泰的圖像詩則極近客觀化，是另一類。

詹冰的詩從他「俳句」與「和歌」相比，更愛俳句的心性，看出他的機智、節制。在〈日本風物誌〉系列，他留下一些仿俳小詩，令人愛不釋「眼」。

我成為一隻跳蚤，
仰望從綠絹衣露出來的
日本國的乳房。

——富士山

現在是笑的極點。
其證據是，
正在滴下美麗的淚珠……。

——櫻花

看詹冰的仿俳短詩，能看到他從俳句習得的造型性格。戰後在跨越語言的困境裡，讓他能在有限的通行中文辭彙裡繼續他詩人之路。這也對照出戰後台灣的現代詩常常在自然流露的寫作習慣，疏於計算，缺乏構造的問題。戰後台灣的現代詩或流於晦澀，或流於散文性鬆散化的技藝失落，對照詹冰的許多作品，兼具詩情詩想與技藝，具有形式要求。

記得，一九七〇年代，我曾與羅青談過詹冰，極力推薦。戰後世代非《笠》系譜詩人中，羅青是少數看到詹冰詩特色的一位，他曾多次引述推薦詹冰的圖像詩。在詹冰的自述中，以「圖像詩就是詩與圖畫的相互結合與融會，而可提高詩效果的一種詩的形式。」但隨之他也提到「假若用這種形式，而不能提高詩的效果，那麼你就不必寫圖像詩了」。一九五〇世代的詩人陳黎，近年來也有許多圖像詩，他的嘗試趨近形式主義，似也得到詩評家的讚賞，反映了漢字中文的符號特性。

詹冰說中文是一種象形文字，因此適於發展圖像詩，但這樣的發展讓詩的藝術趨於畫。

詩是有圖像性、有音樂性的語言藝術，但詩畢竟不同於畫，也不同於音樂。詹冰曾以「思想型」、「抒情型」及「感覺（美術）型」分類三種詩人，認為圖像詩的創作與欣賞是適合於感覺型詩人的。詹冰自己應是感覺型詩人，他是造型家而非批評家，道理在此。這讓我想起白萩的「重要的是精神而不是感覺」這個論見。這是另一種詩論，不在此評述。

善美與人間愛

《綠血球》詩集出版序，詹冰的中學同學，同為《笠》創辦人的陳千武在序裡說，「綠血球」這一輯的詩，可以看出詹冰詩對於知性的尊重、感覺的飛躍，客觀的心象與心象的組合，以及以機智迎接感傷的方向，並具有銳敏的諷刺的態度，構成了獨特的詩型。對於「紅血球」這一輯，則認為詹冰用刷新了的感覺的詩配入赤裸裸的生活，描繪一個詩人的愛……洗脫了憂愁和感傷的成分……是發揮了現代精神的態度的詩。

的確，與詹冰這位父執輩、跨越語言一代詩人的相處經驗，他與陳千武具有的現實批評性格不同，與錦連的時代悲情性格不同，也與林亨泰過度冷靜趨於純粹的性格不同，他的詩情反映了他的人間態度。

一隻腳站在天堂，

一隻腳站在地獄，
所以在兩腳規頂點的臉面
有時笑著有時哭著了。

一隻手被天使拉著，
一隻手被魔鬼拉著，
所以在張力作用點的良心
有時被撕開一樣地疼起來了。

——〈人〉

一九七〇年代，我就曾以〈善美和人間愛〉寫過詹冰，他的詩有豐富的教養性，應該是中小學語文教材的選文。不管是詩情、詩想，還是語言形式，都適合國民養成過程閱讀，但台灣的語文教材選些什麼詩？難怪學生除了被迫在考試而讀了一些課本的選詩，離開校門後幾與詩無緣。《綠血球》詩集裡，「綠色球」輯和「紅血球」輯都是我愛不釋手、常常取出閱讀，更記在我心裡的作品。讀他〈有一天的日記〉裡：「藍天上有金魚在游泳——／這樣說著說著永眠的妹妹呀／你是個小詩人」；〈天門開的時候〉寫死去的母親；〈戰史〉：「金屬被消費了。／肉體被消費了。／眼淚被消費了。／尤其是女人們美麗的眼淚……」都會被感動。

我喜愛詹冰的第一本詩集，即是他詩人的原型作品；也喜愛他一九六〇年代、一九七〇年代發表於《笠》的作品。〈水牛圖〉觀照了台灣在農業時代、鄉村生活的人間，在水牛與人（詩人）之間，描繪了現實風景，甚至喻示台灣。詹冰的知性計算和感性觀照交織出的構圖，既明晰又深刻。

角
黑
角

擺動黑字型的臉
同心圓的波紋就繼續地擴開
等波長的橫波上
夏天的太陽樹葉在跳扭扭舞
水牛浸在水中但
不懂阿幾米得原理
角質的小括號之間
一直吹過思想的風
水牛以沉在淚中的

眼球看上天空白雲
以複胃反芻寂寞
傾聽歌聲蟬聲以及無聲之聲
水牛忘卻炎熱與
時間與自己而默然等待也許
永遠不來的東西
只
　等待等待再等待！

——〈水牛圖〉

我心目中，詹冰在一九七〇年代以前已形成了他的詩人地位。《綠血球》中的詩篇與參與《笠》創社、創刊以後，發表在《笠》的詩，都是他的詩業的業績。之後的詹冰在兒童詩和兒童音樂劇墾拓，趨於兒童教育和生活的日常性。或許因為漢字中文與日語的形音差異，詹冰仿俳句的「十字詩」，並未像跨越二戰前後他詩作的亮光。在跨越語言一代的《笠》創辦詩人群中，詹冰、陳千武、林亨泰、錦連，仍以陳千武和錦連較有與《笠》共時發展的狀況。林亨泰的地位建立在參與「現代派」之時；而詹冰在《笠》創刊之時，以他跨越二戰前後的作品，已形成了他的詩人位置。而陳秀喜和杜潘芳格兩位跨越語言一代的女詩人，雖未參與《笠》創社、創刊，卻是在《笠》的陣營發展出來的。

詹冰是造型家而非批評者，除了「紅血球」系列或稍觸及，他的詩裡幾乎沒有現實批評，對二戰後的戒嚴體制也沒有抵抗性。但他的詩在善美和人間愛，以新的感覺賦予色彩。這應是個性所造成的風格。以綠血球在美的自然奔跑，以紅血球在愛的人間奔跑，詹冰在他們同一世代的台灣詩人中形成特殊的存在，也在台灣現代詩史形成特殊的風景。

——原載二〇一七年十一月《文訊》第三八五期

密林啊，把快樂告訴我；密林啊，把愁悶告訴我

——陳千武的抵抗與自我批評

陳千武（一九二二～二〇一二），筆名桓夫，是詩人，也是小說家，譯介了許多日本現代詩人作品與詩論。他也許是戰後台灣（本土以及隨國民黨中國來台）詩人中，最先具有詩的抵抗意識的一位，他的抵抗意識也反射在自我批評。

一九六四年，《笠》創社、創刊，創辦人中的陳千武和詹冰，是少數沒有真正參與一九五〇年代《現代詩》、《藍星》和《創世紀》活動者。陳千武不像林亨泰、白萩，已在「現代派」的陣容留下業績，始終獲得他所說另一個傳統球根詩人群的重視，卻是《笠》這一傳統球根的代表性人物。也因為他的風格，《笠》發展出更具台灣性的視野。

火的詩人

在《笠》的一九二〇世代詩人群，我曾以火喻陳千武，水喻詹冰，土喻錦連，木喻林亨泰（陳秀喜和杜潘芳格兩位女詩人，以〈死與生的抒情〉論述）。既是詩的風格，也是詩人的個性，在那戒嚴長時期的死滅年代，陳千武不只以哀愁感、死滅心境呈顯詩想、詩情，也與他火

的風格、個性息息相關，有熾熱的詩情、詩想。風格反映人格，這或是一個例證。

一九三〇年代中，在日治時期台中一中就讀，與詹冰為校友的陳千武，在學校與同學參與抗爭、於學生餐廳串連罷食，留下反叛青年的印記。中學時代熱衷於詩的閱讀與習作，尋覓著文學之夢，把寫作當做苦悶的象徵或出路，他並不是一個被體制馴服的青年。日本發動太平洋戰爭，侵華並將戰火延伸至東南亞，陳千武以台籍日本兵在南洋，經歷了戰爭的恐怖，更留下人性在戰爭中的許多印記。他的小說《獵女犯》系列，留下許多光影。〈信鴿〉這一首詩的關鍵語，以「我底死隱藏在密林的一隅」貫穿其間，結尾的行句有遺留、終將的死亡：「我底死，我忘記帶了回來／埋設在南洋島嶼的那唯一的我底死啊／我想總有一天，一定會像信鴿那樣／帶回一些南方的消息飛來——」。

在太平洋戰爭中沒有死於南洋的陳千武，可以說是死過再活下來的。戰後，國民黨中國據台統治，成了失語者的陳千武，失去了詩人在現實社會的語言條件。他隱身在林務局的林區擔任公務員，勤練通行中文，尋找語言的新出口。島嶼的密林和南洋的密林一樣成為他的生活情境。一九六三年，他以《密林詩抄》系列，再踏上通行中文詩人之路。〈密林〉這首詩的兩行結尾，流露他的快樂和愁悶：「密林啊　把快樂告訴我／密林啊　把愁悶告訴我」。

早在中學時代就以日文在當時的報刊發表作品，並有自家藏版日文詩集《徬徨的草笛》、《花的詩集》，受到黃得時、張文環諸氏讚賞的陳千武，戰後逐漸重新發聲。跨越語言一代台灣詩人群的通行中文語言問題，常受到中國來台詩人的另眼相看，也受到只知中國來台詩人傳來新詩火種的後起世代缺乏同情理解的漠視，對於經由日文熟悉世界詩發展的陳千武，情何以堪！

把死亡留在南洋沒有帶回來，卻又想著，有一天信鴿會帶回來的陳千武，未能像日本也經歷太平洋戰爭的同世代詩人群《荒地》、《列島》……不論左派、右派或自由派、民主派的田村隆一、鮎川信夫、吉本隆明、關根弘、會田綱雄等一九二〇世代一樣，在一九四〇年代末即登場，開啟了日本的戰後詩視野。二二八事件、白色恐怖的戒嚴統治成為精神的廢墟，主宰著台灣本土詩人，白色恐怖的戒嚴統治也迫害了從中國隨政府流亡來台或據台統治即來台的詩人。只是外來統治的附隨族群和本土被類殖民統治族群，仍然有著當權與在野的區別。

戰後從中國隨政府來台的詩人群，戰鬥文藝的國策文學體制不免留下精神史的污點。相反的，許多本土詩人群在被高壓統治的在野詩人位置，反而得到傷痕轉換的勳章。在《六十年代詩選》、《七十年代詩選》……許多提早想要壟斷詩史位置的詩人粗暴作為，在戰後留下了真正的詩史觀照嗎？或者只是一種具有殖民性暴力的文化作為？我想，陳千武在一九六〇年代末兩個傳統球根論以及他在《笠》的耕耘、墾拓，都具有某種抵抗意識！

一九六四年十月號的《笠》第三期，「笠下影」人物是陳千武，當時以「桓夫」的筆名披露。陳千武提到他追求的現代詩性格：

一、對於飛翔自由世界的夢幻，樹立理想鄉的憧憬：現實的醜惡常常變成一種壓力，以各種不同的手段，挾持著人存在的實際生活，導誘人於頹廢，甚至毀滅的黑命運裡，迷失了自己。

——感受這種醜惡壓力，而自覺某些反逆精神，意圖拯救善良的意志與美，我就想寫詩。

二、認識自我，探求人存在的意義，將現存的生命連續於未來，為具備持久性的真、善、美而努力；就必須發揮知性的主觀的精神，不斷地以新的理念批判自己，並注重及淨化自然流露的情緒，但不惑溺於日常普遍性的感情，而追求高度的精神結晶。

——我想以這種方式，獲得現代詩真正的性格。

這就是陳千武的詩人意識與志向，這種情境在他的〈鼓手之歌〉這首詩，流露無遺：

時間。遴選我作一個鼓手
鼓面是用我的皮張的
鼓的聲音很響亮
超越各種樂器的音響

鼓聲裡摻雜著我寂寞的心聲

波及遠處神祕的山峰而回響
於是收到回響的寂寞時
我不得不，又拚命地打鼓……

鼓是我痛愛的生命
我是寂寞的鼓手。

抵抗與自我批評

陳千武的抵抗，在第二本詩集《不眠的眼》（一九六五年）就已出現。〈沉淪〉這首詩以一個認錯、賠罪仍受雷鳴式報復，而以沉淪喻示相互毀滅，喻示二二八事件後台灣的社會情境：

……
好罷！那麼
我就從你眼前消逝　到宇宙

的另一端探險去
——起初我浮現在空中
然後　加速地下沉
沉淪……沉淪……
哦哦！——那是誰在沉淪哪……

〈咀嚼〉這首詩，陳千武對中國來台帶來的多種飲食文化中，特別強調「吃」盡一切的風俗習慣，有他的文化觀照與諷刺：

……
——就是他，會很巧妙地咀嚼。不但好咀嚼，而味覺神經也很敏銳。
……
——喜歡吃那些怪東西的他。
……
坐吃了世界所有的動物，猶覺饕然的他。
在近代史上
竟吃起自己的散慢來了。

陳千武的詩的抵抗，從一九六〇年代末的《野鹿》詩集，也有聲音。事實上，他的抵抗和自我批評常交集在一起。

我希望妳信神
雖然
我無信仰
但是
我喜歡妳信神
……
妳就
不再跟我吵鬧了

——〈平安——我的愚民政策〉

以「我的愚民政策」為副題，以批評對象的「我」為敘說者，這首詩巧妙地顯示統治權力的作為。這也是戰後宮廟文化在陳千武詩中所批評的封建落後性，帶有愚民政策的後遺症。他愛鄉土，但對於鄉土的批評，並未落入本土化的自以為是，而帶有進步的自覺。廟宇遍立和某些教堂的現象也是他批評的。他憧憬的是「像泰耶魯精神」、「或大和魂」、「或安格魯撒克遜的民族意識」那種「誇張正氣的精神」，在〈魂〉這首出現於後來的《媽祖的纏足》的詩，他甚至說「假如媽祖廟也有廟魂／那必定和沖鼻的線香味兒／或刺眼的色彩／顯出不同的形象吧」。

〈給蚊子取個榮譽的名稱吧！〉是一首諷喻詩，直指殖民統治權力的占有論，與同世代林亨泰「蚊子們　在香蕉林中　騷擾著」（〈黃昏〉），以及錦連「蚊子也會流淚吧／因為／蚊子是靠人的血而活著的／而人的血液有流著悲哀呢」（〈蚊子淚〉），顯現了不同的意味。林亨泰呈現黃昏情境，錦連展示同悲同情；而陳千武則帶有抵抗與批評。

嗡嗡不停地　飛來
叮在我癱瘓的手背上
說是過境
過境　就抽一絲利己的致命的血去了
究竟
有多少蚊子真正無依
有多少蚊子值得同情

在我的手背上
在廣漠的國土裡
我的手越來越癱瘓了

——〈給蚊子取個榮譽的名稱吧〉

諷喻權力

《媽祖的纏足》是一九七〇年代發表的系列詩抄，陳千武以媽祖作為諷喻對象，其實意指的不只是宮廟信仰，而是統治權力的象徵。〈魂〉是信仰的文化反省；〈銅鑼〉是文化的追索；〈屋頂下〉是對台灣人經歷不同外來統治者的屈辱性容忍的反省；而〈恕我冒昧〉則直指殖民統治權力者違憲長期執政現象。

媽祖喲
坐了那麼久　祢的腳
在歷史的檀木座上
早已麻木了吧

檀木的寶座
在滿堂線香的冒煙裡
在大眾的阿諛裡
被燻得油黑……

這是非常冒昧的話
可是　祢應該把祢的神殿
那個位置
讓給年輕的姑娘吧
比起
人造衛星混飛的宇宙戰
祢那個位置是……

媽祖喲
如果我說錯了話
請原諒

但是　難道我有意強迫祢
把那守護了千餘年的
輝煌的貞節
祢的纏足
祢悲哀的尊嚴
讓給年輕的姑娘？……
不！不過
誰也不該永久霸佔一個位置
如果　我說錯了話
請原諒
廟宇管理委員會的
老先生們！

——〈恕我冒昧〉

結尾的這兩行，如果指的是當年國民大會代表，不是很清楚的批評課題嗎？在戒嚴統治時期，民主被黨國化的權力破壞，反共抗俄到反攻大陸的國策文學體制，一些詩人成為權力弄臣，《媽祖的纏足》這種諷喻很能夠帶有祕密的詩留下來作為時代見證。

曾自述詩是一種抵抗的陳千武，在《笠》一九二〇世代詩人群中，有他特殊的風格，也有他獨見的抵抗面向。他曾說「進入中學時，看不慣社會的虛偽、形式、禮儀和差別，才開始探求詩……」他的語言和文字觀，對於洋溢美文意識與傳統修辭習慣的「中國詩學」有相當的差異。他認為「在詩的場合，所用的工具『文字』是『語言』的替身……而漢字『可從語言脫離』……」他批評「用前人所創造的文字，像積木式予以巧妙地組成詩，嚴格地說，只是做人家所創造的再現行為。」主張口語的陳千武，批評戰後依據文言而形成的新古典主義詩。因為熟練中文古典，在跨越語言世代的陳千武心目中，有著文字遊戲的危險和墮落性。

一九七一年八月號《笠》第四十四期，陳千武的抵抗與自我批評呈現在〈影子的形象〉（後來改為〈暗幕的形象〉）這首一六九行詩，呈顯他極大的企圖。白萩以日本詩人田村隆一建造房屋的比喻，提到結構和美德——這是詩人對詩構造的方法論意味；並以田村隆一的詩〈立棺〉為例，說自己無法達到那樣精密。白萩當然批評了〈暗幕的形象〉結構仍不夠精密；並說曾兩次和瘂弦這位他認為的長詩好手談到田村隆一，瘂弦對田村隆一詩有「非常精密」的評論。

憤怒與悲哀

白萩從陳千武的〈暗幕的形象〉，提及陳千武詩中影子指涉的「饒舌家、火、水、鬼火、萍藻、下等動物、偽善者、地下工廠、爆竹、鬼胎、狂人、劊子手、暗鏢、肥豬、尼龍衣、怒目、弱者、守財奴、蒼蠅、狡獪的齒輪、老頑固、財閥、安樂居、光、黑暗、房間、標語、等待、永恆、戀、快感、死」等三十三個影子的比喻，以及相對實體的人類：被驅逐的父親，不幸的兒子（小孩），不安於室、哄騙小孩的女人（以肉塊、女陰、愛賦閑、耽溺於歌仔戲，有錢就可以隨意揭開的肉體、墮胎者等指謂的母親），認為陳千武的 idea 很不錯，可見作為現代人之一的他，憤怒和悲哀多麼的深。白萩以陳千武同世代的詩人詹冰為例，認為詹冰具有結構的美德實踐者計算的詩法。

倒是，日本詩人北川冬彥（一九〇〇～一九九〇）看了日譯的詩，給陳千武很高的評價，認為是一首偉大的詩，建議改為〈暗幕的形象〉，因為「影子」太弱了，力量不夠，不配這首這麼好的詩。〈暗幕的形象〉隱喻著陳千武心目中台灣這個在戒嚴體制下的現實，顯示了他詩的抵抗和自我批評。這首詩的結尾，詩人直指存在於現實際遇與景況的人們。他既批評了影子隱喻的一切，也批評了自己：

——你就是影子呀
站在黎明之光未射進來的
凹凸的岩上　久久
影子把自己是影子的身分忘得一乾二淨

對於影子的批評，可以說是陳千武許多詩的抵抗相對照的自我批評。他的詩特別具有戰後性，反映了一位跨越語言世代詩人存在感的悲傷與憤怒，經歷了太平洋戰爭，在南洋的戰俘營體驗了愛與死，回到台灣這個曾被殖民，又在祖國之夢被滅後經歷戒嚴體制，不能僅以日語發聲（在這方面，他勤譯日本詩人作品與詩話，更將台灣作品譯介為日文），更必須跨越進通行中文，才能書寫。他的特殊人生經歷與個性使他的作品別具一格。在日本，與他同世代的詩人，在戰後的一九四〇年代末即登場，而他必須等到一九六〇年代初，甚至一九六四年《笠》的本土現代詩文學再集結時，才真正登場。但陳千武的抵抗與自我批評，觀照了戰後的歷史與現實，為戒嚴長期化的死滅年代，留下一個台灣詩人的精神史篇章。

——原載二〇一七年九月《文訊》第三八三期

經歷淚水溶化的風景的乾燥之眼

——林亨泰介入與疏離的時代像

二〇一七年，林亨泰（一九二四～）以九十三之齡獲吳三連文藝獎，繼二〇〇八年獲國家文藝獎，其文學人生享有殊榮。在小說家比詩人更受到重視的台灣，跨越語言一代的詩人應以他的際遇最具榮光。與他同樣因為參與「現代派」運動，常被《現代詩》、《藍星》、《創世紀》這些早於《笠》十年的戰後詩社詩人群看重的另一詩人白萩，相形之下，光環未能相比，不免讓他遺憾。若提及曾與林亨泰同在彰化的文學人生並時共進的錦連，則更不免為其曾有的感嘆心有戚戚焉。

林亨泰在跨越語言一代的《笠》創辦人群中，年歲略晚，比起詹冰、陳千武早於戰前即有詩之志，並以日本語展開文學活動，林亨泰初始並無成為「詩人」的念頭。戰前雖有一些日文作品，也只少數在後來的《靈魂的產聲》收錄。他與錦連一樣，戰後才真正發表作品，有文學活動。對哲學的興趣，從購閱海德格《存在與時間》、胡賽爾《純正現象學及現象學的哲學觀》開始；從日本《詩與詩論》及現代主義的詩學新認識，讓他不只認識歐美現代作家，亦對日本現代詩人作品有所涉獵。

戰後的一九四六年，林亨泰考入台灣師範學院的博物系（現在的生物系），後轉教育系。

翌年（一九四七），發生二二八事件。此時際，受邀加入重新活動的「銀鈴會」，再投入已中斷的文學寫作。《台灣新生報》副刊「橋」是當時許多台灣詩人、作家發表的園地，台灣文學的課題常在「橋」副刊出現。楊逵在「橋」副刊常發表論見，林曙光也譯介林亨泰的日文詩在「橋」副刊發表。

「銀鈴會」原於一九四三年創立，是張彥勳和台中一中愛好文學同學的文藝團體。這是林亨泰最先加入的文學團體，經歷從戰前日本殖民統治到戰後國民黨中國統治，從日本語而中國語的語文轉變。林亨泰在「銀鈴會」的成員有朱實、張彥勳、蕭翔文、詹冰、錦連等。戰前以《緣草》發行十多期，戰後則改為《潮流》發行七期，包括日文、中文作品，文類則含詩、短歌、俳句、評論、短篇小說，楊逵是團體的顧問，並曾在《潮流》發表〈夢與現實〉，期勉年輕台灣作家「早點醒來，與黑暗的現實對決，並克服這些現實」。

一九四七年的二二八事件當然是影響林亨泰的重要事件，台灣詩人、作家無不面對這一事件的刺激。而一九四九年的四六事件，不只是發生在師範學院學生抗議統治當局警備總部的打壓而遭逮捕，也是楊逵發表〈和平宣言〉這篇呼籲國共停止內戰的短文，而遭逮捕的日子。林亨泰在台中火車站候車時看見楊逵在另一月台被拷上雙手押上北上火車，現實的經歷在林亨泰文學人生有很大的影響。「銀鈴會」的朱實後來輾轉到了共產黨中國，曾擔任周恩來的日文祕書，張彥勳、蕭翔文都受到白色恐怖的迫害。跨越語言一代的台灣作家，因而瘖啞，只有少數匍匐於戰後文壇之途。

白色恐怖的心靈印記

師範學院畢業的林亨泰，任職於彰化北斗中學，某日課後突被情治人員逮捕，挾持至台中審問一夜後釋回，留下白色恐怖時代的心靈印記。原已想停筆不再寫作的他，一九五四年在書店發現紀弦主編之《現代詩》，介紹法國詩人阿保里奈爾．高克多，而重拾創作之筆，在《現代詩》發表作品，並於一九五六年，應紀弦之邀加入「現代派」，成為九人籌備委員之一。九人名單為紀弦、葉泥、鄭愁予、羅行、楊允達、林泠、小英、季紅、林亨泰，但林亨泰並未出席第一屆年會。在中國來台的詩人主導的戰後現代主義，林亨泰以引介日本《詩與詩論》及相關的論見，成為少數本土詩人參與發起者。這也成為林亨泰受到戰後中國來台詩人關愛、敬重的原因。

戰後台灣詩的現代主義應該是第二次的現代主義。只不過戰前以「風車詩社」楊熾昌、丘英二（張良典）、利野蒼（李張瑞）、林修二（林永修）為主體，在一九三五年到一九三六年，短暫數期，經由類似超現實主義宣言的〈新精神和詩精神〉，引介了西方未來派、達達主義、超現實主義、新即物主義，與同時代的鹽分地帶詩人群的現實精神追求與社會觀，即呈現了詩的現代性兼及的純粹與參與、藝術與介入雙重性格。而戰後戒嚴體制下，面對戰鬥文藝的國策文學指導，戰後的現代主義，也就是第二次現代主義朝向內心化、純粹性的藝術主張，帶有一種因應政治現實的權宜性。林亨泰的詩在「現代派」主張的一九五〇年代末、一九六〇年代初，成為某種典律，甚至以圖像詩和符號詩為代表性註記。

一九九七年，二二八事件五十周年之際，我編纂一本「以詩為花紀念二二八，在受傷的島國種下希望的樹。」的二二八詩集《傷口的花》，在見證詩人的作品輯，以林亨泰詩題延伸成主題「眼淚溶化的風景」，與張冬芳、明哲、吳新榮、吳瀛濤、錦連、杜潘芳格、蕭翔文諸氏並列的作品：〈群眾〉、〈溶化的風景〉、〈哲學家〉，都是一九四〇年代見證，在戰後台灣詩的作品選集中較少被選入刊用，這些作品與「現代派」的詩作品相異其趣，顯示林亨泰圖像詩、符號詩非情的另一面。

〈溶化的風景〉

即使驟雨暴降的日子也
無法立刻淋濕
然而一眼望去全是發亮的綠
為什麼這麼快就濕透了？

走了五六步
再回頭看

全部的景色
早被眼淚溶化了……

溶化的風景是因為眼淚，為什麼看風景掉眼淚？林亨泰這首註明一九四〇年代的作品，呈顯的是二二八事件後的時代情境。這些詩都應該是第一詩集《靈魂的產聲》（後來，也以《靈魂的啼聲》為名，漢譯者為葉泥）。以及第二詩集《長的咽喉》期間的作品。時代感受裡帶有浪漫的心緒，反映了林亨泰後來某段期間被壓抑的情念。這在一九五〇年代中期「現代派」大旗揮揚的階段極為不同。

以圖像詩及符號詩，在《現代詩》登場，並有許多現代性論見為一九五〇年代中期到一九六〇年代初期的戰後台灣現代詩立下汗馬功勞的林亨泰，發揮了他理論與創作的才具，從《現代詩》到《創世紀》，甚至當時香港的詩刊文誌。內斂的他，活躍於現代詩運動，被認為是紀弦推動現代主義的理論旗手，而且以詩作品提供了實踐的證明。稍晚於他的白萩常提到他與林亨泰是在同時期的活躍狀況，以自己與《笠》創辦人群跨越語言一代的林亨泰，輩分相當。早慧的白萩自覺與同世代的台灣詩人活躍的時代要早得多，在某種意義上也許成立，相當程度反映他的自負。

林亨泰虛懷若谷，這也許是他在戰後中國來台詩人構築的現代詩壇一直占有一席之地的原因。一九六四年六月，林亨泰和白萩兩位在《現代詩》、《藍星》或《創世紀》都有地位的台灣本土詩人，共同參與了《笠》的創社、創刊。林亨泰和白萩都先後承擔《笠》的編務。林亨泰主持第一年的創刊至第六期編務，奠定《笠》的現代性體質。他以〈古剎的竹掃〉、〈幽門狹窄〉、〈惡意的智慧〉、〈破攤子與詩人〉、〈非音樂的音樂性〉、〈精神與方法〉逐期卷頭社論，嘗試鞏固現代詩的意義與價值，並在「笠下影」從詹冰、吳瀛濤、桓夫（陳千武）、林亨泰、錦連到紀弦、楊喚、方思，為相關詩人的作家論與作品論定位，試圖將戰後台灣現代詩的系譜導向本土與戰後中國來台詩人並置的新歷程。

木的詩

林亨泰在我心目中是木的詩人，與火的詩人陳千武、水的詩人詹冰、土的詩人錦連，在跨越語言一代的台灣詩人中，性格各異，各具特色。一九六〇年代末，我以一九四〇世代詩人加入《笠》，他們都是我詩人學校的啟蒙者。當時，他們都是四十歲世代，正當活躍，不只與《笠》後世代聚合，也和以《台灣文藝》為主的其他文類台灣作家交流。戰後第二十年創社、創刊的《笠》，既結合了本土許多跨越語言一代詩人，也召回在「現代派」陣營活躍的林亨泰，次一世代的白萩亦重新在《笠》的場域活躍。

《笠》創刊以後，林亨泰並未即時有新作發表，他以理論及批評為《笠》留下某些方針、走向，後輩們從他的理論和批評得到的教益大於創作。這也許是因為現代主義的詩性格在某種程度上走向某種精神不在場的困境，內向化及晦澀性帶來許多負面。有些標榜現代性，一面卻又附和國策文學、戰鬥文藝，或一意晦澀，玩弄文字。繼林亨泰執《笠》編務的白萩就多次提出批評。《笠》作為對詩的現代性有所堅持的新詩社、新詩刊，在彭明敏與兩位學生共同發表的〈台灣人民自救運動〉宣言的政治事件同年出發，隱含著台灣本土的文化重建運動思維，與《台灣文藝》同時創刊的《笠》，不可避免被視為挑戰群，被有敵意的忽視。只有林亨泰、白萩因既有的地位，未受影響。

林亨泰的名詩〈風景：其二〉，常被引述，一九六〇年代末《歐洲雜誌》熊秉明以江萌為筆名發表的〈一首現代詩的分析〉，深入論證，對作品有深度、廣度剖析。這首詩與〈風景：其一〉、〈房屋〉、〈二倍距離〉都是《笠》創社、創刊以前的作品，極具現代主義代表性。

〈風景：其二〉

防風林　的
外邊　還有
防風林　的
外邊　還有
防風林　的
外邊　還有

然而海　以及波的羅列
然而海　以及波的羅列

我曾經聽林亨泰述及海線縱貫火車經過通霄的景象，這是台灣海岸常見風景，在海線火車行進的車窗更能體現這樣的風景視野。在吳三連文藝獎頒獎典禮的影片看到林亨泰回應女兒林巾力說是彰化海口的景象，也許是方便的應答。熊秉明的長論甚至以音樂性和意象剖析，兼具符號與圖像的這首詩，並不像他的一九六〇年代作品〈非情之歌〉系列或更早在一九五〇年代中期〈輪子〉、〈第20圖〉、〈ROMANCE〉、〈炎日〉、〈噪音〉、〈患砂眼的都市〉、〈車禍〉、〈花園〉、〈進香團〉、〈電影中的佈景〉，比較像是為詩的現代主義留下見證文本。這讓我想起林亨泰執編《笠》的第六期，陳千武譯介日本詩人春山行夫作品〈ALBUM〉以及對春山行夫的介紹。

〈ALBUM〉是四節四十二行詩。其中第三節，以五×十四組「白的少女」組成。

陳千武在〈關於春山行夫〉提及：

以詩誌《詩與詩論》的編輯者，作為modernism運動的主導底理論家而活躍的春山行夫（Haruyama Yukio），雖在這運動中達成了詩史上偉大的業績，但另一方面以詩作家本身的他的存在，僅可稱為流行一個時期的文化的創始者而外，對於以後的現代詩的發展並無遺留多大的影響力。這或許是象徵性地說明了當初日本輸入 modernism 的某一面的弱點。亦可謂春山所吸收的 modernism 的精神，祇在審美底形式一面。換句話說春山的作品是在現代主義的反逆精神裡，不管該發生的思想的根源的心理層如何，其取材只限定於視覺底審美感覺的範圍而已。不過這種僅具形式的美，雖對以後的現代詩的發展沒有多大的影響，但釀成了革新運動的氣運頗奏效果，這一點也可以說是在現代詩發展史上具有了紀念的意義。

林亨泰是受到《詩與詩論》相關的詩潮，甚至受到春山行夫等人影響的台灣詩人。陳千武有關春山行夫在《詩與詩論》的評介，某種程度上也涉及了對一九五〇年代台灣詩的現代主義運動，甚至對林亨泰在現代主義運動時代的評價。這是戰後台灣現代詩史的嚴肅課題，但並未被探觸。戰前，台灣詩的現代主義運動代表詩刊《風車》，也有當時代文學運動的光影，必須和鹽分地帶文學運動一併觀照。

從〈溶化的風景〉隱含的一九四〇年代詩情到一九五〇年代引介現代主義詩潮在「現代派」運動以符號詩和圖像詩樹立運動標竿，主要還是因為白色恐怖戒嚴體制讓受到時代驚嚇的林亨泰必須藉審美觀照隱藏自己的思想與感情；再則對受囿於中國古典詩歌那種過度潮流，類似水墨畫筆觸的語文渲染也不盡符合他的語言觀。他以〈古剎的竹掃〉對一些中文學者、文人非議現代詩的舉止也不以為然，且有自己的語文觀照；走向某種純粹性也許是一種思想和美學的出路。但現代主義詩歌的實驗不盡然走向正途，他之所以與白萩一樣都加入《笠》，有另起爐灶的意味。

在《笠》構築本土新詩學

《笠》發刊時期一年六期的卷頭社論可視為林亨泰在新的本土園地或陣營自構築的現代+本土的新詩學基礎。但隨著一九六〇年代末期到一九七〇年代台灣社會條件的變化，本土已非對戒嚴統治、白色恐怖逆來順受的被宰制體。現實的觀照逐漸在《笠》發聲，陳千武與錦連在林亨泰一段因病淡出的時期，不但燃燒火焰也發出土氣，現實感溶入詩行詩句，白萩的現代性和現實性加乘在白話口語的實驗，幾乎打破戰後在台灣的現代詩仍然一味繾眷漢字中文古典詩詞意味的性格，《笠》逐漸在跨越語言一代、戰中世代、戰後世代共同參與的形勢與發出的聲音形成脫「現代派」的新本土現實主義現代詩觀，而林亨泰則於第二度停止詩創作十年後，再以〈弄髒了的臉〉於《笠》第四十八期（一九七二年四月號）登場。這時，《水星詩刊》第九號，以「中國現代派扛鼎詩人：林亨泰作品回顧特展」專輯再為他的「現代派」地位立築紀念碑，對照之前大張旗鼓圍剿「招魂祭事件」，與《笠》有極大反差。而《笠》第五十一期（一九七二年十月號）以「林亨泰早期作品集」刊出葉泥譯《靈魂的產聲》十三首、《長的咽喉》三十八首詩，為林亨泰在《笠》留下他前已樹立的詩界碑。

〈弄髒了的臉〉

你說臉孔是在白天的工作弄髒了的嗎？
不，該說：是晚間睡眠時才會弄得那麼的髒。
因為，每一個人早晨一起來，什麼事都不做，
所忙碌的只是趕快到盥洗室洗臉——。

當然啦，他們之所以不得不趕緊洗臉，
不只為了害羞讓人看到自己有一副醜臉，
更是為了他們因為在昨日一段漫長黑夜中，
竟能安然熟睡——這不能說是可恥的嗎？

在一夜之中，世界已改樣，一切都變了。
今晨，窗檻上不是積存了比昨日更多的塵埃？
通往明日之路，不也到處塌陷顯得更多不平？
這一切豈不是都在那一段熟睡中發生的？

〈弄髒了的臉〉一改純粹的風景觀照與非情的語言構造，指謂了現實，也加入批評意味。若一九四〇年代作品為早期，現代主義階段為中期，此應為後期，亦即進入第三期階段作品，可看出脫出第二時期，而自早期延伸。自此，林亨泰的詩，頗有與時代緊密的關聯的新面貌。鄉土文學論戰、本土化運動、民主化運動，台灣追尋國家的自我重建，林亨泰在一九七〇年代到一九九〇年代，克服了白色恐怖時期遁入審美主義的內向化和純粹性，指向現實。

〈一黨制〉

桌子上
玩具鋼琴

白鍵
黑鍵

只有
一音

這首一九八九年作品，看出林亨泰仍講求語言構造，但指涉現實政治。他的〈力量〉有漢字中文和台文版本，勇於說「不」，講「無愛」，他的〈主權更替〉講民主的真諦；他的〈回扣醜聞〉批評政局弊病；他的〈國會變奏曲〉對萬年國會非議；他的〈宮廷政治〉批評黨國體制，有多露骨就多露骨。不遑多讓給陳千武、錦連。

我喜歡林亨泰早期的一首詩〈秋〉：

〈秋〉

雞，
縮著一腳在思索著。
而又紅透了雞冠。
所以，
秋已深了。

與〈春〉、〈夏〉、〈冬〉並列在「心的習癖」裡的這首詩，比起T.E休謨的〈秋〉、桑德堡的〈霧〉，並駕其驅。呈顯了簡短行句構成的詩之意味，可觀可感，這應該是林亨泰的本色。他的木，詹冰的水，陳千武的火，錦連的土，在跨越語言一代台灣詩人中，各具特色。這些跨越語言一代的詩人群，原本在戰後都應該在戰後性的詩演出承擔更大的角色，但台灣並非正常國家，既非英美法等二戰戰勝國，也不是德義日等戰敗國，從中國隨國民黨政府來台的詩人們和台灣本土詩人們都有困境。在戒嚴體制、白色恐怖制約下的戰後，現代性大多遁入審美主義，無法與現實性對決。林亨泰在紀弦拉攏下為一九五〇年代中期以後的「現代派」提供理論與實踐條件，作為複製「風車詩社」，援引自日本《詩與詩論》的第二次現代主義運動存在著政治和文化的困境與宰制，也留下了戰後詩的問題。林亨泰自己在實踐上從「現代派」時期的業績調整了方向。他畢竟回到了本土化的自己，與詹冰、陳千武、錦連一樣重新在《笠》追尋。而他在「現代派」時期的印記則仍然被陳千武所說的戰後台灣現代詩的另一傳統球根意識論群宣揚。戰後詩的歷史交織著複雜的詩史視野，反映了國家論與民族論的複雜現象。

——原載二〇一八年一月《文訊》第三八七期

夢想著或許有這麼一天而燃起希望之星火

——靜靜地吶喊著的錦連

在跨越戰前與戰後兩種不同語言、國度的台灣詩人中，錦連（一九二八～二〇一三）與林亨泰、陳千武、詹冰在我心中的風格定位，分別以土、木、火、水比喻。錦連在一九二〇世代，排序較末。他早期在彰化，與林亨泰鄰近，晚年遷居高雄與女兒同住。陳千武在台中，詹冰在苗栗卓蘭。四位都是台灣中部的詩人，因緣際會也都是一九六四年《笠》的共同創辦人。

錦連與林亨泰都加盟過「現代派」，是一九五〇年代就參與以中文為主的現代詩運動，較年長的詹冰、陳千武反而沒有。但錦連不若林亨泰的理論提供人角色一直受到推崇，讓他覺得相對於林亨泰，較少得到掌聲。而相對於《笠》的另一創辦人陳千武，因為介入編務、社務較深，在台日韓交流方面又多所貢獻，在《笠》有相當的代表性，也頗令他鬱卒。他不像詹冰，樂觀豁達一副菩薩臉，總是笑臉迎人，從來不抒發怨言。

其實，錦連與同樣一九二〇世代的黃靈芝、羅浪交好，兩人都曾是《笠》同仁，但較居邊緣性，或許更與錦連相近。錦連的第一本詩集《鄉愁》，在一九五〇年代以本名陳金連出版，贊助人還是羅浪。那時際，羅浪在苗栗的合會服務，後來轉型中小企銀，算是銀行員。

錦連則是台灣鐵路局彰化火車站電報員。記得一九六〇年代末，初識他時，聽他談及在電報房的工作：一是關於戰後國民黨中國來台、軍人搭火車甚至不買票，二是脫序的事況。這對經歷戰前、戰後的他這一世代，違和感可想而知。語文斷絕，重新學習中文，政治形勢變遷。那困阨的時代，錦連從圖書館、舊書店收集日本的書籍，勤讀包括詩歌以及文學、電影書，彌補了他一直感到缺憾的學歷，而以實質的詩學和文學學歷支持了他精神的高度和厚度。極富幽默感的他，談到在電報房以手指在桌面敲打語言的密碼嘲弄巡房的「長官」那種互相取樂的情景，浮顯的笑意其實充滿著人生的苦澀。

我常想起他的這首詩：

蚊子也會流淚吧……
因為是靠人血而活著的，
而，人的血液裡，
有流著「悲哀」的呢。

——〈蚊子淚〉

土的詩人

他的蚊子與人連帶，與陳千武把蚊子喻為入據者、進占者不同；也與林亨泰把蚊子放在黃昏香蕉園中的風景不同。他的血肉化，哀愁感特別強。以「孤獨地清醒著／守著人生的寂寥」寫〈壁虎〉的他；在〈腎石論〉這首詩裡，以「腎石是由憂鬱與悲哀凝結而成的」相對醫生的觀點「腎石是由鹽分結成的」，顯示「手術刀和詩人的筆尖的閃耀……」他的文學之業，收錄在國立台灣文學館以十三集呈現的《錦連全集》，包含中文、日文詩卷、翻譯卷、小說卷、散文卷、資料卷，映照一生的追尋。

一如跨越語言一代的台灣詩人群，錦連從日本語而中文，曾自喻為一隻傷感而吝嗇的蜘蛛：

一、傷感——對存在的懷疑、不安和鄉愁，常使我喜愛一種帶有哀愁的悲壯美（當然也不妨含有一些嘲弄和幽默的口吻）。

二、吝嗇——我珍惜往往祇用了一次就容易褪色的僅少的語彙（我身上的錢既少，就不許揮霍的）。

三、蜘蛛——為了捕捉就得耐心等候（並非等著靈感的來臨）。

在一九六〇年代末，我常偕同陳明台造訪住在彰化火車站後鐵路局宿舍的錦連，與他餐敘。一杯一杯啤酒下喉，或加了冰塊的威士忌，交織著詩的談話。面對一隻傷感而吝嗇的蜘蛛，再比較活躍於詩壇一些能操持流利中文，而任意揮霍語言，卻未必對語言的認知和實踐負起責任的詩人們，可以想像錦連和我父執輩這一世代台灣詩人的苦悶與真摯。錦連的詩可以說是一隻傷感而吝嗇的蜘蛛吐出來的絲的纖維。

他還常常提醒我們，如果聽到讚美，要戒慎恐懼；相對而言，嚴格的批評比較重要。這對於圈子小、喜歡聽到讚美稱譽，常常流於華而不實的詩壇，真是鹽一般的存在。

錦連的日本詩學是現代詩學。他有一些現代性強烈的詩，比起林亨泰毫不遜色，甚至更為鮮明。林亨泰的純粹化取向，錦連較之精神性更強。特別是他的電影詩（Ciné Poéme）〈女的記錄片〉和〈轢死〉，分別以十四到十六個分鏡鏡頭呈現，相當前衛。

1. 潛在著的賀爾蒙
2. 萌芽
……
7. 充實
……

10.
爆發
……
14.
The End

——〈女的紀錄片〉

1.
窒息了的誘導手揮舞著紅旗
2.
啞吧的信號手在望樓叫喊
……
12.大地震顫的音響和有密度的聲浪
……
16.灰塵似的細雨從天空落下（人們想到淚珠以前）

——〈轢死〉

經歷二二八事件、五〇年代白色恐怖的他，在作品流露了印記。這樣的經驗也存在於跨越語言一代的其他台灣詩人們；這樣的經驗讓這些台灣詩人們和隨國民黨來台的詩人們呈現不同的詩風景。詩，作為精神史語言，應該從這方面多多探視、觀照，而不是只察看文字的堆砌魔法。

在鐵路局服務、工作於電報房的錦連，留下一些與鐵道意象相關的詩，〈軌道〉這首一九五〇年代中期作品，是一首論及錦連不可忽略的詩，他的人生風景，讓人印象深刻。

被毒打而腫起來的，
有兩條鐵鞭的痕跡的背上
蜈蚣在匍匐　匍匐……
臉上都是皺紋的大地癢極了。

蜈蚣在匍匐
匍匐在充滿了創傷的地球的背上，
匍匐在歷史將要湮沒的一天。

——〈軌道〉

把火車軌道比為被毒打而腫起來的傷痕，火車成為匍匐的蜈蚣，匍匐到歷史將要湮沒的一天。這樣的詩只會出現在工作生涯與鐵道有密切關連的詩人，也只會出現在經歷二二八事件、五〇年代白色恐怖的詩人。相對於「我達達的馬蹄是美麗的錯誤，我不是歸人是個過客」，是完全不同的經驗，卻是在台灣這個土地的經驗。

被體制壓迫的心

〈鐵橋下〉是錦連在一九八〇年代中期發表的詩，仍然與他的鐵道經驗有關。在同時期，他也發表了〈日夜我在內心深處看見一幅畫〉，他把畢卡索〈格爾尼卡〉的意象連結台灣的二二八事件經驗，畫在日與夜都被他在內心深處看見。他的一首同樣發表於一九八〇年代中期的作品〈他〉，批判了變節的一些台灣人政客，一些政治投機主義者。在特殊歷史構造下的台灣，有些在日治時期奉承日本殖民者，戰後卻搖身一變迎合國民黨中國統治，甚至在戰後的二二八事件也搖身一變在抵抗的行列，之後又轉向體制，但本質上是站在權力的一方，是附和者。〈他〉這首詩有台灣詩人鮮明的自我批評色彩。

彼此在私語著
多次挫折之後他們一直蹲著從未站起來
習慣於灰心和寂寞　他們
對於青苔的歷史衹是悄悄地竊語著
忍受著任何藐視、誘惑和厄運

在鐵橋下　他們
對於轟然怒吼著飛過的文明
以極度的矜持加以卑視

抗拒著強勁風壓
在一夜之間　突然
匯集在一起
手牽手
哄笑　然後大踏步地勇往直前
夢想著或許有這麼一天而燃起希望之星火
河床上的小石頭們　他們
祇是那麼靜靜地吶喊著

——〈鐵橋下〉

鐵橋——意味著體制，意味著戰後，特別是二二八事件、五〇年代白色恐怖的統治體制。鐵橋上怒吼著飛過的文明是統治權力，而鐵橋下、河床上的小石頭們是台灣人，是被統治群。

這種上下關係，呈現統治和被統治的權力構造。多次挫折之後從未站起來的是以小石頭象徵的受屈辱的台灣人，只彼此私語，習慣於灰心和寂寞是一種歷史悲情，但在忍受藐視、誘惑和厄運時，屈辱群體以「極度的矜持加以卑視」象徵統治暴力的體制。抵抗——只是夢想，「一夜之間　突然／滙集在一起／手牽手／哄笑　然後大踏步地勇往直前」只是夢想，而不是現實。一九八〇年代中期，已經在美麗島事件（一九七九年十二月十日）之後，錦連的詩作仍然存在著被壓抑至極的苦悶，只「夢想著有這麼一天而燃起希望之星火／河床上的小石頭們　他們／祇是那麼靜靜地吶喊著」，可以想像錦連精神史的困扼之境。

詩人的悲情與歷史的悲情連帶在一起，這種在台灣的台灣性不同於在台灣的中國性。戰後台灣現代詩文學的兩種球根論不只是語言的傳統，也在於不同的語言的歷史感情：從被日本殖民到國民黨中國的類殖民，以及隨國民黨中國來台的流亡性，文化與政治的差異際遇，在台灣的詩人成為被統治群落與統治群落的相對關係。二二八事件對於兩種群落詩人群的感受可能完全不同，雖然通行中文成為戰後的國語，但相映的差別不只在於一方語言生澀，一方語言熟練，更在於語感不同。錦連和跨越語言一代詩人經歷的是垂直性斷落，而從中國來台的一九二〇世代詩人群則是水平性分隔。許多中國來台詩人，以另一種徬徨和疏離，類似漂流一樣在台灣這塊土地像盆景的人生，應該也呈顯在詩情詩想裡。

以詩為慰藉

錦連在一九九三年為他的《錦連作品集》（彰化，磺溪文學選輯）寫的序，說他「十六歲即在鐵路局服務，……戰爭突然結束，緊接而來全面地廢止舊文報刊雜誌，使我陷入近似文盲的困境。……語言轉換的時期，充滿辛酸與無奈，因此，寫詩……僅是默默地，小心地用那貧乏的中文紀錄我的生命。……追求詩文學是我唯一的慰藉，……我自然一直蹲踞在詩壇上一個陽光照不到的角落。日子一久，也甘於被人忽視和遺忘。」

他「以透過翻譯去學習中文，即就日本詩人名作翻成中文，另從中文優秀作品譯成日文，如此反覆再三，久而久之，翻譯的數量倒也累積了不少。」在他同世代的詹冰、陳千武、林亨泰之中，他可能與陳千武在這方面貢獻了較多成果。我一直跟著錦連在他經由日文的現代詩書譯介的詩論《詩人的備忘錄》三十章節學習，從他的系列譯介，每期一篇發表於一九七〇年代我執編的《笠》，分享了他的學習成果，也豐富了、擴大了我現代詩的視野。這些現代詩的思考與批評成為《笠》本土詩學的世界視野。但常見戒嚴長時期，甚至解嚴以後，一些詩評詩論仍輕鄙《笠》的本土性，常常以某些中文不純熟的通讀現象刻意降低評價，忽視類似錦連等跨越語言一代詩人的詩性精神。但競相在詩史堆砌功績又如何？戰後台灣詩史建立了真正精神史的高度和重量嗎？

自覺邊緣性存在的錦連，創作不輟，他的根源追求，早見於詩集《鄉愁》，更見於《挖掘》，分別為他的一九五〇、一九六〇年代留下他的詩風景，延續在他至死不歇的精神探索。在破滅感中，執拗地挖掘，彷彿宿命，彷彿台灣人精神史的傷痕，也彷彿台灣人在破滅感中仍然站著，不願仆倒的堅忍。

許久　許久
在體內的血液裡我們尋找著祖先們的影子
白晝和夜　在我們畢竟是一個夜
……
站在存在的河邊　我們仍執拗地挖掘著
一如我們的祖先　我們仍執拗地等待著
等待著發紅的角膜上
映出一絲火光的剎那
……
這麼久？這麼久為什麼
我們還碰不到火
在燒卻的過程要發出光芒的那種火

……
我們祇有挖掘
我們祇有執拗地挖掘
一如我們的祖先　不許流淚

——〈挖掘〉

二十三行的〈挖掘〉流露著一位跨越語言世代的台灣詩人的歷史感與現實感，以及在苦悶中尋覓、探尋的意志與感情。這應是台灣現代詩史仍被掩蓋著的精神底流。不咀嚼不思考這樣的精神底流，只一味在文學的修辭把玩，成為輕浮遊戲的詩學，這不是錦連他們這一世代台灣詩人的特質。

靜靜地吶喊著的錦連在高雄的餘生，仍然留下許多作品，延續他挖掘的精神，夢想著或許有這麼一天而燃起希望之星火，他在挖掘的人生行程中夢想，編織他詩的行句，形成雖然令人感傷卻動容的存在感。

——原載二〇一七年十月《文訊》第三八四期

懷抱著也許一首詩能傾倒地球的心

——以母性詩扎根在島嶼台灣的陳秀喜

在《笠》的一九二〇世代詩人中，有陳秀喜（一九二一～一九九一）與杜潘芳格兩位女詩人。她們兩位都不是創辦人，但也和詹冰、陳千武、錦連、林亨泰四氏一樣，是跨越語言的一代。終戰時，陳秀喜二十五歲，次年才和在中國曾經服務於上海三井洋行及杭州、父親經營的三鱗洋行的丈夫回到台灣；杜潘芳格當時十八歲。陳秀喜活潑，杜潘芳格內斂；兩人的詩風也不同，反映了各自的心性。我曾以〈死與生的抒情〉寫杜潘芳格和陳秀喜，她們各自呈現詩的風景。

初識陳秀喜是我開始在《笠》發表作品的一九六〇年代末期。她在一九六七年，經《笠》的創辦人之一的吳瀛濤推介，加入《笠》，並於一九七〇年的第六屆年會被推選為社務委員，再於一九七一年第七屆年會前，由發行人黃騰輝推介出任社長，並一直擔任到她一九九一年，以七十一之齡過世為止。記得她因C型肝炎住進台北榮民總醫院時，李魁賢約我一起去探視時，她以手輕拭窗玻璃的水氣，輕嘆說：「霧濛濛的玻璃窗，擦拭之後就能看見明天嗎？」死神正前來召喚時的詩意談話，彷彿寫在記憶的光之中。

李魁賢後來在陳秀喜故鄉的新竹市文化中心為她編《陳秀喜全集》十冊，我則在她辭世翌年（一九九二），為她長女張瑛瑛及女婿潘俊彥設立的「陳秀喜詩獎」擔綱相關作業，並擇定在每年母親節之際頒發獎項。此獎共進行十年，得獎人依序是杜潘芳格（一九九二）、利玉芳（一九九三）、江自得（一九九四）、瓦歷斯・諾幹（一九九五）、詹澈（一九九六）、李元貞（一九九七）、林建隆（一九九八）、江文瑜（一九九九）、張芳慈（二〇〇〇）、蔡秀菊（二〇〇一）。共六位女性、四位男性。幾位女性後來創辦了「女鯨詩社」。我曾希望得獎的六位女性詩人能接續「陳秀喜詩獎」的棒子，甚至成為以女性詩人為給獎對象。可惜未能如願。

《笠》的親善大使

陳秀喜擔任《笠》社長期間，近二十年。她和發行人黃騰輝，雖不盡是《笠》方向的掌舵人，但在戒嚴時期，黃騰輝以民間企業經營者擔任發行人，具有背書責任；陳秀喜擔任社長更經常利用人脈為《笠》的經費分憂。《笠》能夠跨過半個世紀，自一九六四年六月創刊後，每雙月十五日出刊不輟，就是同仁和衷共濟的結果。相對於《台灣文藝》由吳濁流獨撐，而非小說家群集支持，吳氏過世後，歷經波折，不得不退場，大為不同。

陳秀喜擔任《笠》的社長，並非領導角色，對《笠》的社務、編務不太介入。記得，在《笠》北、中、南各地舉辦年會或活動，都會看到她的身影。不只與出席的同仁暢談，也與各地台灣文化界（小說、美術，甚至音樂）的朋友們相見歡。她像《笠》的親善大使，廣結善緣於台灣各地，更延伸到日本。作品不只發表在《笠》，也在其他詩刊。《龍族》詩刊有許多成員以「姑媽」相稱陳秀喜，在《笠》反而沒有，我輩大多只以「社長」相稱。

十五歲時就開始以日文寫作，包括俳句、短歌這種舊體詩和新體詩。畢業於日治時期新竹女子公學校的陳秀喜，出生滿月後幾天就被經營活版印刷的陳家領養，她的生父是漢詩人，也姓陳。養父視陳秀喜為己出，讓陳秀喜自認為是「最幸福的養女，過了快樂的少女時代」。畢業於女子公學校的陳秀喜，在家由女教師教習漢文。二十歲的陳秀喜，曾代表新竹市出席日本全國女子青年大會，並參觀日本各地；回台後，擔任日語講習所講師及小學代用教師。這樣的少女時代，加上她結婚後，隨經商的丈夫到中國上海、杭州生活四年的經營，在二十多年後展開了她在一九六七年參加日本東京「からたす」短歌社台北支部，創作日文短歌，及加入《笠》創作新詩的詩人生涯。其實，在一九六〇年代末期，她也在東京的雜誌《人生》發表了日文小說，並為台灣的波音唱片歌手雙燕姊妹寫了一些歌詞。從為人之妻、為人之母，陳秀喜的人生跨越過日本語而中文，在詩裡詠嘆她的心思。

〈嫩葉——一個母親講給兒女的故事〉

風雨襲來的時候
覆葉會抵擋

星閃爍的夜晚
露會潤濕全身
催眠般的暖和是陽光
摺成縐紋睡著
嫩葉知道的　只是這些——

當雨季過後
柚子花香味乘微風而來
嫩葉像初生兒一樣
恐惶慄慄底伸了腰
啊！多麼奇異的感受
怎不能縮回那安祥的夢境
又伸了背　伸了首
從那覆葉交疊的空間探望
看到了比夢中更美而俏麗的彩虹
嫩葉知道了歡樂　知道了自己長大了數倍
更知道了不必摺縐紋緊身睡著

然而嫩葉不知道風雨吹打的哀傷
也不知道蕭蕭落葉的悲嘆

只有覆葉才知道　夢痕是何等的可愛
只有覆葉才知道　風雨要來的憂愁

以「母親講給兒女」為前提，這首〈嫩葉〉應該說是陳秀喜詩的原型。詩中的「嫩葉」、「落葉」、「覆葉」，分別喻示子女、亡逝的長輩和在世的父母——特別是母親。這首詩與另一首〈覆葉〉——寫母親的心聲，交互對照，更顯示陳秀喜詩中的母性心，這也是女性詩的一個特徵。女性詩的另一個特徵：女性自身，在杜潘芳格的詩中較明顯。詩中的葉子從嫩葉、覆葉到落葉，就像人生的不同階段，覆葉會覆蓋、遮蔽、保護嫩葉。嫩葉有嫩葉的單純感知，在作為母親的覆葉心目中，就像兒女從牙牙學語的單純無邪成長。相對的，覆葉和落葉已有社會歷練，養育眷顧著自己兒女般的嫩葉。以〈覆葉〉和〈嫩葉〉這兩首詩的相互輝映，陳秀喜的詩呈顯鮮明的母性心——這也是她女性心的一面。

教養性大於批評性

陳秀喜的詩取材自生活，從家庭而社會，教養性大於批評性。她的〈覆葉〉與〈嫩葉〉等詩是對子女，而也有對去世父母親的〈爹！請您讓我重述您的故事〉和〈曬壽衣的母親〉、〈今年掃墓時〉、〈無形的禮物〉等。她也述及愛情，並且在花草形影投射心聲。〈牽牛花〉的結尾：「孩子們！／清晨短暫／坦誠地去擁抱它／結一個結實的種子／凋謝得有意義／留給人們年年稱讚／錦繡綠野的牽牛花」；〈小堇花〉的結尾：「在愛惜她的淚光中／小堇花終於屹立了／靠著一撮泥土的愛」；〈茉莉花〉中：「茉莉花是女婢花／欲把整天操勞的倦意熏透／晚上才綻放芬芳」。更在物象中投寄關懷、憐憫，〈魚〉以「我和兄弟姐妹們都是啞巴」以及「當我知悉祖先們的去處／我已在俎上／跳動一下微弱的抗拒／嗟嘆歲月養我這麼大／羞愧不曾唱出美人魚的歌聲」。

〈愛情〉

一隻奇異的鳥飛翔而來
沒有一定的途徑
不知何時　它來自何方

並不是尋巢而飛來

樹枝不曾擺過拒絕的姿態
向天空　像要些什麼的手
如果　那隻鳥飛來樹枝上
樹枝會情願地承擔
最美好的粧飾
而且希望從此這隻鳥沒有翅膀
樹枝心願變成堅牢的鎖
因為奇異的鳥在樹枝上
比勳章更輝煌
比夕陽懸在樹梢　更確實的存在

樹枝等待一隻奇異的鳥

把愛情比喻為一隻奇異的鳥，而等待愛情的人是樹枝，相惜相守的心讓樹枝心願變成堅牢的鎖，而希望這隻鳥沒有翅膀。愛情比勳章更輝煌、比夕陽懸在樹梢是更確實的存在。因為夕陽雖美，卻在天邊，只懸在樹梢，而奇異的鳥在樹枝上。女性詩的想像吐露微妙的心思。而在〈初產〉這首詩，陳秀喜以母親的話語「結婚就是忍耐的代名詞」兩次出現在詩裡，經由「子宮硬要擠出灼熱的熔岩石」的初次生產疼痛，體會母親的話語，因而「初產的母親心內喚著媽！／感恩的淚珠從眼睫流下／她以淚珠迎晨曦」。

人生的抒情

陳秀喜不是只歌頌愛情的女性詩人，她的詩有生活的況味，具備深刻的體驗。一位在日治時期僅接受公學校教育，以及一些漢文教育，但從日文的俳句（五、七、五音節短詩）及短歌（五、七、五、七、七音節短詩）以及日本文學的閱讀，形塑了她的詩人條件。雖然跨越日本語到中文，但她有短暫的中國經歷，似乎比杜潘芳格更熟習中文書寫，開朗的她自有她觀照人生的從容態度。

在〈樹的哀樂〉這首詩，以「認識了自己／樹的心才安下來／再也不管那些光與影的把戲／扎根在泥土的才是自己」；在〈泥土〉這首詩，以「泥土被壓平／被冒煙的柏油倒灌的瞬間／令她感到痛苦的／是草坪和佛桑花的遭遇／激烈地燒灼她的心」。陳秀喜會寫出〈臺灣〉，對自己的母土深切歌詠，是自然的事。這就是經梁景峰改成歌詞，李雙澤譜曲，一首自一九七〇年代末期，鄉土文學論戰後膾炙人口的歌〈美麗島〉，在台灣的民主化發展過程，曾被威權統治當局查禁，但未能禁絕的歌，這首詩也成了陳秀喜的社會印記。

〈臺灣〉

形如搖籃的華麗島
是　母親的另一個
永恆的懷抱
傲骨的祖先們
正視著我們的腳步
搖籃曲的歌詞是
他們再三的叮嚀
稻　草
榕　樹
香　蕉
玉蘭花
飄逸著吸不盡的奶香
海峽的波浪衝來多高

颱風旋來多強烈
切勿忘記誠懇的叮嚀
只要我們的腳步整齊
搖籃是堅固的
搖籃是永恆的
誰不愛戀母親留給我們搖籃

重塑母親角色

一九七〇年代，是繼一九六〇年代中期台灣人從二二八事件、白色恐怖的被壓抑、被宰制，逐漸覺醒起來的年代。戰後的台灣，從被日本殖民解放，隨即被代表盟軍接收的中華民國統治，但中華民國不到幾年就被中華人民共和國取代了在中國的統治權，只以流亡政府將台灣視為反共以及反攻的復興基地，大中國思想籠罩台灣，台灣成為客體的存在。從鄉土的自覺到本土的自我再定位，經歷長時期戒嚴統治，陳秀喜以女性詩人的角色，重塑台灣的母親角色。這首詩在鄉土文學論戰後，逐漸經由歌曲〈美麗島〉深植人心，陳秀喜更在女性覺醒運動形成的過程被許多女性運動參與者尊崇，連帶著也讓杜潘芳格一起在新女性心目中被親近。

陳秀喜和杜潘芳格不同於出身《現代詩》、《藍星》或《創世紀》，或來自中國的女性詩人，與台灣的土地更有關連，這也開啟了台灣的女性詩視野。她們兩位都是《笠》跨越語言一代以男性為主的詩人群中較為稀罕的存在。但這樣的存在是台灣本地的新詩、現代詩傳統。她們的詩教養來自日本，甚至來自影響日本的歐洲詩潮，與戰後台灣詩有許多受到中國五四運動以後的詩歌影響，或受中國傳統詩詞影響不同。

她在自己的詩觀（收錄於《美麗島詩集》，一九七九年），這麼述說：「一首詩完成的過程，是感觸、感動的餘韻帶進思考讓它發酵。思考是集中精神在語言的鍵盤上彈出心聲。詩人不願盲目活著。眼睛亮著重視過去，腳卻向前邁進。意識歷史、時代，甚至國際、人類。以關心執著於自覺的極點，負著時代的使命感，以喜怒哀樂的沉澱物來比較和判斷事物。詩人是真善美的求道者。在現實生活中，站在自己的位置，詩人的責任非常重大。」從這樣的詩觀，也許更能體會到她期待的詩的重量，她曾說：「假如一首詩能給地球傾斜多好。到如今，我還無法寫這樣的詩，……寫詩並不是那麼容易的，尤其是夢想要傾斜地球的詩更是困難。因此，我該繼續多努力才行。」這是一九八四年九月，國家圖書館舉辦「現代詩三十年展覽」時，她為自己的詩人檔案留下的文件，對照一九七八年發表的〈也許是一首詩的重量〉，自己的理想和實際呈顯一種謙虛的對照。

〈**也許是一首詩的重量**〉

高傲的大樹有雷劈的憂鬱
常被踐踏的小草不羨慕大樹
小草重整根和葉期望屹立的歡呼
梅花不嘆形小滿足自己的芬芳
不嫉妒玫瑰多刺的豔麗
古人自大自然得到和平的啟示
黑暗之後晨光初現既不稀奇
煩惱之後邁進智慧的時代來臨
詩擁有強烈的能源、真摯的愛心
也許一首詩能傾倒地球
也許一首詩能挽救全世界的人
也許一首詩的放射能
讓我們聽到自由、和平、共存共榮
天使的歌聲般的回響

陳秀喜以母性詩出發，在詩裡洋溢著女性詩的另一種光影，亦即母性詩的光彩。她的詩源於生活，連帶在島嶼台灣的土地，並連結於世界，不封閉自己，而是開放心靈，以善美和人間愛抒發心思、情境，以一個幸福的養女，歷經島嶼、甚至中國上海、杭州等各地的人生，印記在她的詩之形跡。她的母性詩情懷甚至被延伸在「陳秀喜詩獎」的十年歷程，有十位包括男性、女性詩人得到她精神的獎勵，並活躍在台灣的詩壇。她在《笠》擔任社長的一九七一到一九九一年的二十年，正是戒嚴到解嚴的戰後台灣民主化轉捩點的年代，也是《笠》在台灣這塊土地從瘖啞到發聲的年代。她的詩與行止既留下她人生的見證，也留下戰後台灣的精神史見證。

——原載二〇一八年二月《文訊》第三八八期

悲情之繭，封閉在心裡靜靜的吶喊

——杜潘芳格的女性詩聲音

《笠》跨越語言的一代，杜潘芳格（一九二七～二〇一六）與陳秀喜是兩位常常被相提並論的名字。杜潘芳格小於陳秀喜六歲，比起陳秀喜在同世代男性詩人之間侃侃而談，巾幗不讓鬚眉，雖說陳秀喜或因有社長頭銜，其實也因個性；杜潘芳格比較拘謹、木訥，她的木訥不盡因為個性，也因為語言的困頓。戰後的台灣本地社會習慣以通行台語交談，特別是跨越語言一代，甚至以日語（對戰後世代的後輩而言，這也是常面對的情境）。杜潘芳格的母語是客語，較少在公共場合使用。語言的困境，對作為詩人的杜潘芳格影響很大。

認識杜潘芳格與陳秀喜，都是在一九六〇年代末，在《笠》的活動場合。對我而言，她們兩位都是母親輩，但在通行中文的時代，她們語言的稚齡現象讓她們有生澀感。陳秀喜曾隨夫到中國上海、杭州生活，個性又較外向，通行中文的駕馭、使用，比杜潘芳格熟練、得心應手。比起陳秀喜在《笠》創辦人群與跨越語言一代同輩：詹冰、陳千武、林亨泰、錦連諸氏之間，交談闊論，杜潘芳格話語較少，總是默默坐在一隅。

一九六〇年代末，因緣際會加入《笠》為同仁的我，把前輩同仁當做我詩人學校的老師，儘管他們的通行中文在講究美文修辭的詩壇，文學界缺乏同情的理解，但他們經由日文在日治時期近代化進程汲取的詩學教養，相對於其他在台灣的現代詩學認識與實踐，更為進步。我在這樣的詩人學校汲取不同的教諭，轉化為我自己的詩教養。杜潘芳格現象：具有思想深度，拙於語言表達，虔誠基督徒的信仰心以及特殊女性思維，加上家世優渥卻又有親人在二二八事件受難……是我觀照其詩人論的關鍵。

〈**聲音**〉
不知何時，唯有自己能諦聽的細微聲音，
那聲音牢固地上鎖了。

從那時起，
語言失去出口。

現在，只能等待新的聲音，
一天，又一天，
嚴肅地忍耐地等待。

說出口的語言是聲音，但為何語言失去了出口？從那時起，「那時」又是何時？杜潘芳格一天又一天，嚴肅地忍耐地等待，為什麼？第一層次的回答，當然是跨越語言，或被語言跨越的問題。杜潘芳格是學習日本語長大的一代，客語也是她家庭的用語。但文字表達應該是日語，在戰後的通行中文環境，杜潘芳格面臨的是這種語言轉換的困境。第二層次的回答，則牽涉到政治、長期戒嚴體制、白色恐怖。杜潘芳格的姑丈張七郎和兩位姑表兄宗仁、果仁，三父子同在二二八事件受難。「兩個小兒為伴侶，滿腔熱血灑郊原」的墓誌銘，在花蓮鳳林的墓園，刻劃了悲慘的歷史。杜潘芳格的生之情境在「嚴肅地忍耐地等待新的聲音」。而新的聲音應該具有不同於第一層次和第二層次回答的憧憬，包含了文化和政治的改變，因此，帶有批評性和期待感。

信仰心，死的抒情

在語言的雙層性苦悶受盡折磨的杜潘芳格，是虔誠的基督徒，也是對哲學課題有所探求的詩人。她和夫婿，耳鼻喉科醫師的診所在中壢市街，毗鄰一所台灣基督長老教會。一九六〇年代末，《笠》在中壢有一次聚會，同仁被接待到她家。我在走道的書架看到日本岩波的一套精裝《世界思想家大系》，可以想見她閱讀的況味。對照她有一些隨筆文章流露的語言、思考、想像力、經驗，與一般囿於修辭、美文的觀點不同，顯示精神論的觀照。

對於我來說，寫作該是，心志最深處的可能性的醒覺，不對——最被醒覺的——被那產生出來的語言所迫而寫作，這樣說較為正確。

所以為何寫作，簡直是等於問我為什麼活著，我是如此感覺。

——〈為何寫作？〉

「詩的語言也是同於宗教語言，屬於無意味的語言，不是敘述語言、情報語言（資訊），因而無法一對一的相互對應。即是說詩作品的表現語言絕不像資訊語言一般，參予關連於第三者的『敘述的主題』的人全部都會間接或直接地按著事物去論證、確認『敘述內容』的是非、妥當與否。」——〈詩的表現與語言〉（這是杜潘芳格以維特根斯坦（Wittgenstein，一八八九～一九五一）的「寫像理論」，主張語言必須一一對應於客觀的事態，即持有可能檢證的語言才能持有意味。因而如宗教或文學的語言無法確實加以檢證，一般均歸類為「無意味的語言」的說法。）

杜潘芳格是具有清教徒意識的基督徒，她的女兒們小時候一律白衣黑裙，相當素樸，不像醫生家庭的兒女。而曾有日本詩人認為杜潘芳格是像佛教徒的基督徒。這樣的觀照來自杜潘芳格的身體服飾與言說意味。她有一篇隨筆〈美與宗教〉，曾提到「用文學，不，說得更清楚就是用一般藝術『美』可以來代替宗教吧」，就說了這樣的觀點。

「萊茵河與揚子江。西洋與東洋。佛教與基督教。

「『弔詭』讀做Paradox，十字架的救贖。」

在這二行句子之前，杜潘芳格以蘇東坡眼中長江的清澈與如今淪落而成第二黃河的揚子江對照，也以華格納的歌劇《紐貝隆的指環》，從〈萊茵河的黃金〉到〈諸神的黃昏〉，充塞的「性」對照哲學與宗教。

杜潘芳格的詩人之眼，探觸著一種她在隨筆裡曾經提到的「汎神」、某種語言形塑的精神意味。

「假使有另一個世界，那麼與其在那兒成為一名幽靈，我寧願再轉世生在現世，成為一隻小麻雀，或者在秋野裡頂著頭向路邊人問安的一莖秋菊。」

這是杜潘芳格的人間觀照。

她的觀照更多的是顯示在詩行的況味。一直等待語言找到出口的杜潘芳格，從一九七〇年代的第一本詩集《慶壽》之後，陸續出版《淮山完海》、《朝晴》、《遠千湖》、《青鳳蘭波》……以及日文詩集《極層》。其實，她最早的一本書是文集，是較後的二〇〇〇年在日本出版的《少女日記》，記載了二戰終戰前後的心境風景。

諸詩集的命名，帶有杜潘芳格的語言況味，我在她詩集《青鳳蘭波》出版時，為書序〈誕生在島上的一棵女人樹〉特別探查究竟：

《慶壽》，以丈夫「慶壽」之名。

《淮山完海》，「淮」為父親名字取一；「完」為母親名字取一。

《朝晴》，「朝」為孫之名取一；「晴」為孫女名取一。《遠千湖》「遠」為男友名字取一；「千」為詩人陳千武名字取一；「湖」為男友名字取一。《青鳳蘭波》，「鳳蘭」為女兒名字；「青」為男友名字取一；「波」為男友名字取一。

杜潘芳格的詩集取名，不從詞語尋求，而是從親友的名字擷取，形塑詞語，並具有新意味，這也形成她的語言觀照，極有意味。她的心思在語言的思考與想像力有某種原創觀點，探尋意義的新亮光，與宗教的交織。

〈葉子們〉

葉子們
知道　自己的清貧
也明白　自己的位置搖晃不安定
有時確實也虛偽地裝扮自己

葉子，葉子們
終究　要把自己還給塵土
堅忍地等得到最後的一刻

那燃著夕陽紅焰逝去的一剎那

葉子們
相信　聖經上的每一句話
都是創造的葉子
不是人造的葉子

葉子們即是人們，是芸芸眾生，是小小的生命，是人間。杜潘芳格在自然的物象找到人的生命形影，簡單的物象，深刻的思想，以清貧定位本色，也反映了價值觀，排斥了資本主義、物化的世俗性，流露清教徒思維。這樣的詩，帶有批評性的觀照。

社會批評視野

因為具有信念，對美有憧憬，杜潘芳格的詩裡有追尋，也有批評。她的〈中元節〉和〈平安戲〉常被引用，具有社會批評的視野。〈中元節〉以農曆七月十五普渡，在客家村落更祭拜大肥豬，咬著橘子的豬被以咬著「甘願」形容庶民逆來順受的性格；〈平安戲〉則直指迎神廟會，信徒大眾嘴含李仔鹹，口咬甘蔗的順從，忍耐順民現象；〈紙人〉反思無立場，搖擺不定，隨風轉向的社會。杜潘芳格批評了社會，也反思了自己。

……
貢獻於中元祭典的豬，張開著嘴緊緊咬著一個「甘願」。
無論何時
使牠咬著「甘願」的
是你，不然就是我。
……
只曉得順從的平安人
只曉得忍耐的平安人
圍繞著戲台
捧場著看戲。
那是你容許他演出的。

——〈中元節〉

——〈平安戲〉

……
紙人充塞的世界
我尋找著
像我一樣的真人。
——〈紙人〉

我曾以〈死與生的抒情〉論及杜潘芳格和陳秀喜，她們的詩人特質和作品風格截然不同。杜潘芳格出身新竹新埔客家望族，出生後就隨父親赴日，七歲才回台定居。從日本人就讀的「小學校」，新竹高女，再考入台北女子高等學院這個培養女性教養與人文知識的兩年制學校，與在台日本女性的學習歷程一樣。陳秀喜被收為養女，和大多數台灣人一樣在「公學校」完成初級教育。但杜潘芳格拘謹；陳秀喜開朗。杜潘芳格沉浸於哲學思想；陳秀喜在生活錘鍊。杜潘芳格凝視死亡；陳秀喜歡喜生命。杜潘芳格從日文到通行中文，窒礙重重，後來似乎在客語找到寄託；陳秀喜從日文到通行中文，轉換自然，但並未有台語書寫。兩人在《笠》形同姊妹。陳秀喜逝世後的陳秀喜詩獎，第一屆（一九九二年）頒予杜潘芳格，另有象徵性的連帶。

杜潘芳格也和陳秀喜一樣，在一九八〇年代及以後的女性運動者心目中被尊崇。記得，一九九二年初，杜潘芳格在獲頒陳秀喜詩獎後，我在台北市耕莘文教院主持一場以「悲情之繭」為名的「杜潘芳格作品討論會」，不只有許多詩人出席，更有許多女性主義運動者參加。在討論開場時，我提到之前在師大的「女性文學研討會」，鍾玲以夏宇、白雨、蓉子三位女詩人為例，談當代台灣女詩人中的女性主義思想，我提問說：「一、知不知道台灣有杜潘芳格、陳秀喜這兩位女詩人？她們的作品有沒有女性主義思想？若有，如果沒有列入妳的討論，是不是因為不符合妳詩學的要求？二、……台灣女性批評家逐漸掌握發言權，當她們提及女性主義時，意味著對男性霸權主義所主宰的文化評論環境的批評，但女性批評家承襲了男性沙文主義的傳統……在提及女性主義時有所選擇。三、提及女性主義的詩，其中並沒有提到民主的觀念及思想。……這樣女性主義觀點會不會太單薄了？」也引發一些台灣女性主義運動者的共鳴。

杜潘芳格有一首詩〈相思樹〉，寫「相思樹，會開花的樹／雅靜卻不華美，開小小的黃花蕾」，說：「我也是／誕生在島上的／一棵女人樹」。我曾以〈誕生在島上的一棵女人樹〉寫她。醫師娘並兼教授花道的她，常寫到花，說母親是「傲耀的玫瑰花」，說「馨郁的父親花」，在她心目中：母親堅毅，父親溫柔。她在花與樹之間寄託女性與男性意象，但卻又將花與樹融合為一體，憧憬自己是會開花的樹；在〈復活祭〉，既寫了「淡紫色的珍貴大輪蘭花，父親的贈品」，又寫「語言是活生生的東西／美麗的蘭花」；在〈秋晨〉以《雅歌》的詩篇中「我是沙侖的玫瑰花，是谷中的百合花」引述「在愛的旗幟飄逸下，頂滿銀霜的你我，／靜坐樹林中的菜果樹蔭裡嘗它果子的滋味覺得甘美」。花、樹、果、菜都引喻在詩的行句，投射人生的觀照，美與善，與真是連帶在一起的。

認同的變遷心路

對於台灣，杜潘芳格的認同（Identity）是更換三次國藉的行跡。一九三七年到一九四五年，以日本人身分活過來；十九歲（一九四五年）之後，成了「中華民國」國民；一九八二年之後，也曾成為美國人。但她以「讀聖經，禱告一切遵從神的意旨，領受聖靈的感動與啟示」就是她的 Identity。顯示了她在信仰之路尋覓的憧憬更是引領她的光，這種現世的源流感隱藏在她詩的祕密裡。

在女兒、兒子和母親的角色裡，杜潘芳格更突出她女性的角色。她的詩不像陳秀喜那麼與「日常性」連繫在一起，比起與生活的關係不如說是更連帶於「觀念」。因為這樣，杜潘芳格比陳秀喜難懂。而且，也因為杜潘芳格從日語轉換到通行中文，不像陳秀喜得心應手，她常常必須先以日文書寫，再轉換通行中文，而通行中文行句常常要推敲。「意旨」常常有尋覓不到「意符」的焦慮，〈悲情之繭〉流露的思維，不只是她的詩，也是她的人。

〈悲情之繭〉

一切生命，都會絞盡全力奔赴死，
向生命的彼端。
人，
也不例外。

你和我，彼與此，甚至幼稚之軀，
瀕死時也絞盡一切，像春蠶吐盡其絲，
包裹自己在光亮的繭包裡。

跟隨一切生命的軌跡，
在不可計數的生命歷程之後，
如今，你我也正絞盡全力奔赴生命的彼端。

小小的蟲兒，細細的嫩草，
樹木，花蕾，鳥兒……
連吹拂浮雲的風也痛愛悲情之繭。
而將蔚藍的天空捲入白色的懷抱裡，

緊緊地擁著，用滋潤和藹的眼神和輕柔的
語言，
加以擦拭使天空明亮。

瀕死時，一切一切的生命包裹自己在光亮的繭包裡，這悲情之繭喻示生命的完成。用滋潤和藹的眼神和輕柔的語言加以擦拭，使天空明亮，彷彿是詩人的作為，也是神的作為。杜潘芳格的詩業秉持著信仰心以及真摯性，在現實與觀念中，以她兼雜著日語、通行中文和客語的語彙，編織著聲音、圖像和意義的風景。她的詩是接觸、尋覓、質問，以細膩的心，並帶有一些迷惘，她既有死的抒情，也有生的觀照。對於自己所屬的台灣，她曾以〈無台的灣〉批評迷信愚蠢和生態環境的破壞，留下「無台的島嶼／只殘存污染重度的／漂流的灣」。但她是一棵誕生在台灣的女人樹，她呼叫著島嶼這個國度的靈魂。不是以航行在海洋的鯨魚形塑台灣，而是以「一隻叫台灣的鳥」比喻這個國度。

〈一隻叫台灣的鳥〉

只因羽毛未豐，翅膀緊貼體軀，
睜眼仰望天空。
蒼天下，大地上

堆積如山的破爛，
早晚
瀰漫混濁霧靄的天空，
越是高處，越朦朧。
清流已斷絕
相思小花流過的黃金水流淤積著污泥，
依然沖不走的是
那萬股污泥般的奔流。
到底是：東、南、西、北？
何處得以立足？
何處得以翱翔，
當羽毛已豐，正欲展翅而起的時候。
不，那絕不屬於彼岸，
那是一隻叫台灣的鳥，
叫台灣的翅膀。

——原載二〇一八年三月《文訊》第三八九期

〔附篇〕

在我們的土地，在我們的時代

——一九六〇年代，《笠》創刊登場的姿勢

《笠》創刊號（一九六四年六月），林亨泰以「本社」名義發表的〈古剎的竹掃〉，有一段話是這樣說的：「我們渴望的是：把呼吸在這一個時代的這一個『世代』（Generation）的詩，以適合於這個時代以及世代的感覺痛快地去談論。」這是作為評論家的詩人林亨泰，在《笠》的開場白。之後，連續幾期，在他擔任主編的時候，留下具有時代性的觀點，包括〈幽門狹窄〉、〈破攤子與詩人〉、〈非音樂性的音樂性〉以及〈精神與方法〉等，從一九六四年八月號、十月號、十二月號到一九六五年二月號、四月號。

《笠》第二期（一九六四年八月號），白萩的〈魂兮歸來〉登場，以俏皮、調侃的語氣評述了從紀弦到商禽等許多詩人；第三期中斷，第四期續刊。林亨泰的「大義」加上白萩的「微言」，相互映照，兩位曾參與戰後台灣以通行中文為載體的詩運動，在《現代詩》、《藍星》、《創世紀》活躍過，轉而參與《笠》出發的詩人，與一起奮鬥過的詩人朋友，相互激盪交會，留下一些美麗的火花，在詩史中留下一些註腳。

……適於搞運動的紀弦，在賭場上輸掉了「現代詩」的老本後，「現代詩」冷落得像「集子」。而覃子豪的「一百頁」壯志未酬身先死。鍾鼎文也老得非常不「詩」了。

·

「毒玫瑰」瘂弦小姐出來賣唱以後，因其風華絕美，而骨子裡放蕩不羈，引起多少王孫公子，戀戀其後，為其跳火坑，為其揣盆水，誠尤物也。

視之今日詩壇，多少懨懨，多少蒼白虛弱，在「深淵」中多少呻吟。亦禍端也。

·

因了超現實，而放棄了「人的意志控制」，渺視人的尊嚴？
因了存在，而必須「強說愁」？
因了抽象，而抽掉了橋板？
因了中國情調，而必須做鏢客，和甌甌戀愛？

·

軍中陣營：「創世紀」，在最初是打著民族的旗幟，那時候，實在乏善可陳，自從四十八年四月擴大以來，不但分量成為目前台灣詩壇的頂點，並且也是最前衛的。可是燈光下最暗，偏偏最嘔氣的東西也藏在裡邊。

•

從羅馬到商禽的羅燕，是一個大躍進，如果說黃荷生教給了詩壇內心的觸覺，那麼商禽是第一個在台灣詩壇成功的出品了超現實，也是散文詩寫得最有詩味的詩人。

這些微言中其實有大義。相對於提到余光中的一些語句，像：「那時候，余光中還是方塊的。」（重複了一句：「那時候，余光中說什麼還是方塊的。」）「余光中口中是『現代調』而手中是方塊。」接著在瘂弦的敘述之後，又提到余光中「而那時候非常英國紳士風的余光中，竟也手舞腳蹈的蕩了起來。」

話語裡雖多調侃，但畢竟都是熟識的朋友，被提到的也只能一笑置之，但卻看得出白萩（當時不到三十歲）對詩壇的有意識觀點，瘂弦和商禽似乎得其所愛，被稱為「風華絕美」的「尤物」。

其實，白萩也提到季紅：

從意象派學到方法而面目一新的季紅，他的苦悶和悲哀在理性的刀下，自己冷靜注視著，並且自虐的在一片一片的解剖，如果這有所感的作品被稱為惡魔派，我相信勝過那些唱流行小調的一夥。

大個兒，我幾乎不相信你是能這樣冷靜和精細的。

台灣主體性的崛起

《笠》創刊那年，彭明敏教授和他的兩位台大政治系學生一起要發表〈台灣人民自救運動宣言〉的政治主張，《笠》和《台灣文藝》都在一九六四年這一年創刊，在某種意義上，這是台灣文化主體性崛起的時際。從日本語而中文，跨越過政治和文化的變動，台灣這塊土地出生、成長的詩人，在參與從中國來台詩人主宰的詩社、詩刊後，要重新出發，對戰後已發展近二十年的詩史有觀照、有反思。林亨泰和白萩在新集結的陣地提出論見和觀照。《笠》的創刊十二人名單中，除了詹冰和陳千武，其他十人：白萩、杜國清、趙天儀、林亨泰、王憲陽、錦連、吳瀛濤、黃荷生、古貝、薛柏谷，都參加過既有詩社、詩刊或文學刊物的活動，也各有各的風格，多多少少都與「現代派」有關連，也分別參與過《現代詩》、《藍星》和《創世紀》。組成新社，發行新刊，象徵的是台灣本土詩人的重新歸屬。但因為詩風的差異，有些創刊同仁，包括王憲陽、古貝、薛柏谷，不久就脫離了。

《笠》對當時詩壇的觀照和反思，見諸林亨泰和白萩發表的文章，顯示新的發言、詮釋意見。林亨泰主編時開闢的「笠下影」（後來趙天儀接手），第二期開始，從吳瀛濤、桓夫（陳千武）、林亨泰、錦連之後，就是紀弦、楊喚、方思、鄭愁予、黃荷生、羅行、張彥勳、葉笛……涵蓋的不只是《笠》同仁，更包括當時不同詩社詩人。

《笠》每逢雙月十五日出刊，在五周年紀念專號（第三十期）發表「五年詩選」，由各方詩人推薦五年內創作，並擇要刊出王渝〈流浪〉、白萩〈雁〉、余光中〈雙人床〉、杜國清〈傳道者亞瑟的酒歌〉、林煥彰〈清明〉、紀弦〈狼之獨步〉、桓夫〈咀嚼〉、洛夫〈西貢之歌〉、瘂弦〈下午〉、商禽〈鴿子〉、管管〈三朵紅色的罌粟花〉；更舉辦第一屆「笠詩獎」，在第三十一期（一九六九年六月號）發布：

（一）詩創作獎：《還魂草》，周夢蝶。

（二）詩評論獎：《批評的視覺》，李英豪。

（三）詩翻譯獎：《日本現代詩選》，陳千武。

（四）詩傳記獎：（從缺）

評審委員包括：葉泥、洛夫、瘂弦、余光中、林亨泰、白萩、趙天儀，兼及不同詩社，顯示《笠》的包容性，以及重建詩壇的努力。

在《笠》的創辦同仁中，吳瀛濤、詹冰、陳千武、錦連、林亨泰都是跨越語言一代的詩人，他們在日治時期以日本語書寫，戰後才重新以中文再開始。後來，陸續加入的跨越語言一代，包括陳秀喜、杜潘芳格、羅浪等。由於這樣的條件，《笠》對日本現代詩的譯介以及經由日文的世界詩譯介，都對戰後台灣詩學的發展提供挹注。後來，《笠》的譯介更包括了英、法、德、西……不同語文，一九三〇世代、一九四〇世代新加入同仁的參與，擴大了譯介的面向。

《笠》第七期（一九六五年六月號），葉笛經由日文譯介〈超現實主義宣言〉；第八期（一九六五年八月號）再由葉笛譯介〈未來派宣言書〉；第九期（一九六五年十月號）由趙天儀譯介〈意象派六大信條〉，均以「本刊並不做此種主張，因鑑於此種資料難得，特譯出供大家收藏，願大家溫故而能知新」作為聲明，有意對一九六〇年代「超現實主義」似是而非，詩壇晦澀之病倍受批評的詩學發展，提供導向鑑照，以一九二〇世代為主的創辦人群，加上一九三〇世代同仁，《笠》在一九六〇年代中後期，形成《藍星》、《創世紀》之外，漸具有鼎足之勢的本土詩新陣地，而後一九四〇世代逐漸加入為同仁。在一九七〇年代，《笠》同仁已包含戰前世代、戰中世代、戰後世代，創作、評論和翻譯的耕耘、墾拓都有一番風景。

多層世代，多重時代

我就是一九六〇年代末加入《笠》的一九四〇世代同仁。那時，四十歲代的詹冰、陳千武、錦連、林亨泰、羅浪、陳秀喜、林潘芳格，猶如父母世代；而趙天儀、白萩、李魁賢、葉笛、杜國清則似兄長世代，加上非馬、許達然。除林亨泰、白萩，因為早就參與《現代詩》、《藍星》、《創世紀》受到敬重，《笠》的前輩同仁似乎並沒有像林亨泰、白萩兩人一樣受到禮遇，或說公平對待，以《現代詩》、《藍星》和《創世紀》為根源或影響的詩壇氛圍，在我加入《笠》的時候，是無視於《笠》詩風的「土」。

某種程度，這反映了當時的政治形勢與文化形勢，戰後在台灣發展的現代詩，陳千武的兩種球根論中的台灣根球並不被正視。來自中國的新或現代詩傳統是戰後以中文為載體發展的詩的球根，但台灣的跨越語言一代詩人，在日治時期從日文以及譯介自世界詩學而在台灣這塊土地上發展出來的詩學，應該是另一個球根。戰後台灣現代詩的花朵，有台灣的土壤，台灣的球根。

戰後的台灣現代詩，既不能無視於來自中國新詩、現代詩球根的存在，也不能無視日治時期台灣已有的球根。一部以「風車詩社」為焦點的紀錄片《日曜日式散步者》，重現了在台南府城，水蔭萍、林修二、李張瑞等一九三〇年代台灣的超現實主義詩人形影，對照的是同樣一九三〇年代，在台南沿海鹽分地帶詩人群吳新榮、郭水潭……的現實主義詩學光彩，台灣是有這塊土地上的新詩、現代詩傳統的。

但是，戰後台灣現代詩的發展，存在著受政治影響的文化病理。中國來台的詩人群，無法從國共內戰造成的意義廢墟去反思，受到黨國國策的宰制，在反共的意義制約下，無法凝視流亡之痛；而台灣本土的詩人群，也受到黨國國策的宰制，無法以主體反思被殖民的歷史。在戰敗者、戰勝者的混淆歷史意識中，戰後台灣的詩人們無法像日本詩人一樣站在戰敗的廢墟，真正反思歷史；也無法像德國詩人一樣，反思納粹德國發動戰爭和滅絕猶太人之惡，經由詩進行意義的重建。詩史並未真正形成生活在這塊土地人民的精神史。

兩種現代詩傳統球根，形成戰後台灣從中國現代詩到台灣現代詩的花朵。但形成的過程是有文化和政治病理的，在詩的藝術與社會，純粹和介入，造型與精神，都存在著太多要經由辯證實踐的課題。

——原載二〇一七年四月《文訊》第三七八期

九　歌　文　庫　1　3　0　7

戰後台灣現代詩風景
——雙重構造的精神史

國家圖書館出版品預行編目（CIP）資料

戰後台灣現代詩風景：雙重構造的精神史 / 李敏勇著 . -- 初版 . --
臺北市：九歌，2019.05
面；　公分 . --（九歌文庫；1307）
ISBN 978-986-450-244-8(平裝)
1. 臺灣詩 2. 新詩 3. 詩評
863.21　　108004590

作　　者——李敏勇
責任編輯——鍾欣純
創 辦 人——蔡文甫
發 行 人——蔡澤玉
出版發行——九歌出版社有限公司
臺北市八德路3段12巷57弄40號
電話／25776564 傳真／25789205
郵政劃撥／0112295-1

九歌文學網　www.chiuko.com.tw

印　　刷——晨捷印製股份有限公司
法律顧問——龍躍天律師・蕭雄淋律師・董安丹律師
初　　版——2019年5月
定　　價——350元
書　　號——F1307
I S B N——978-986-450-244-8